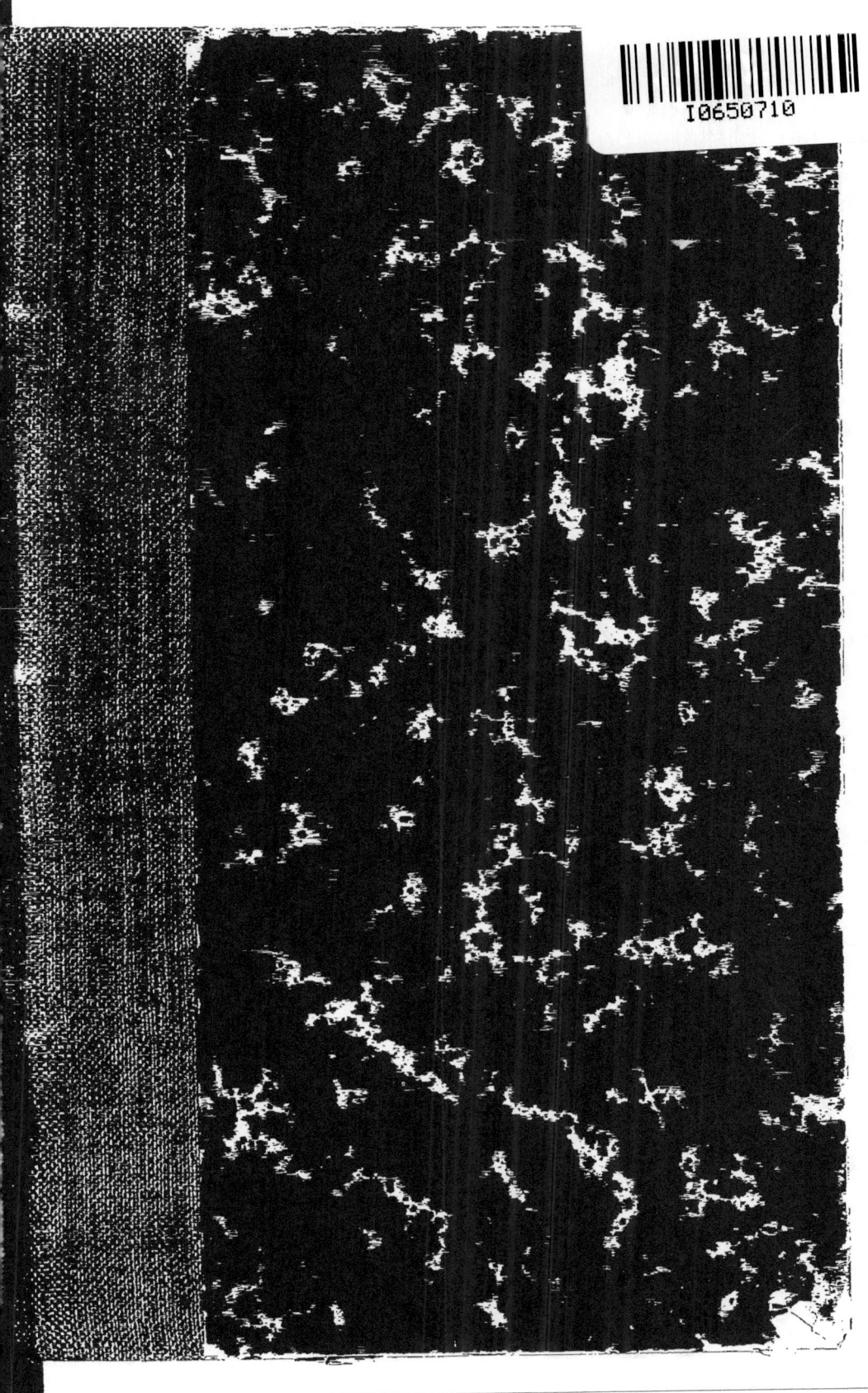

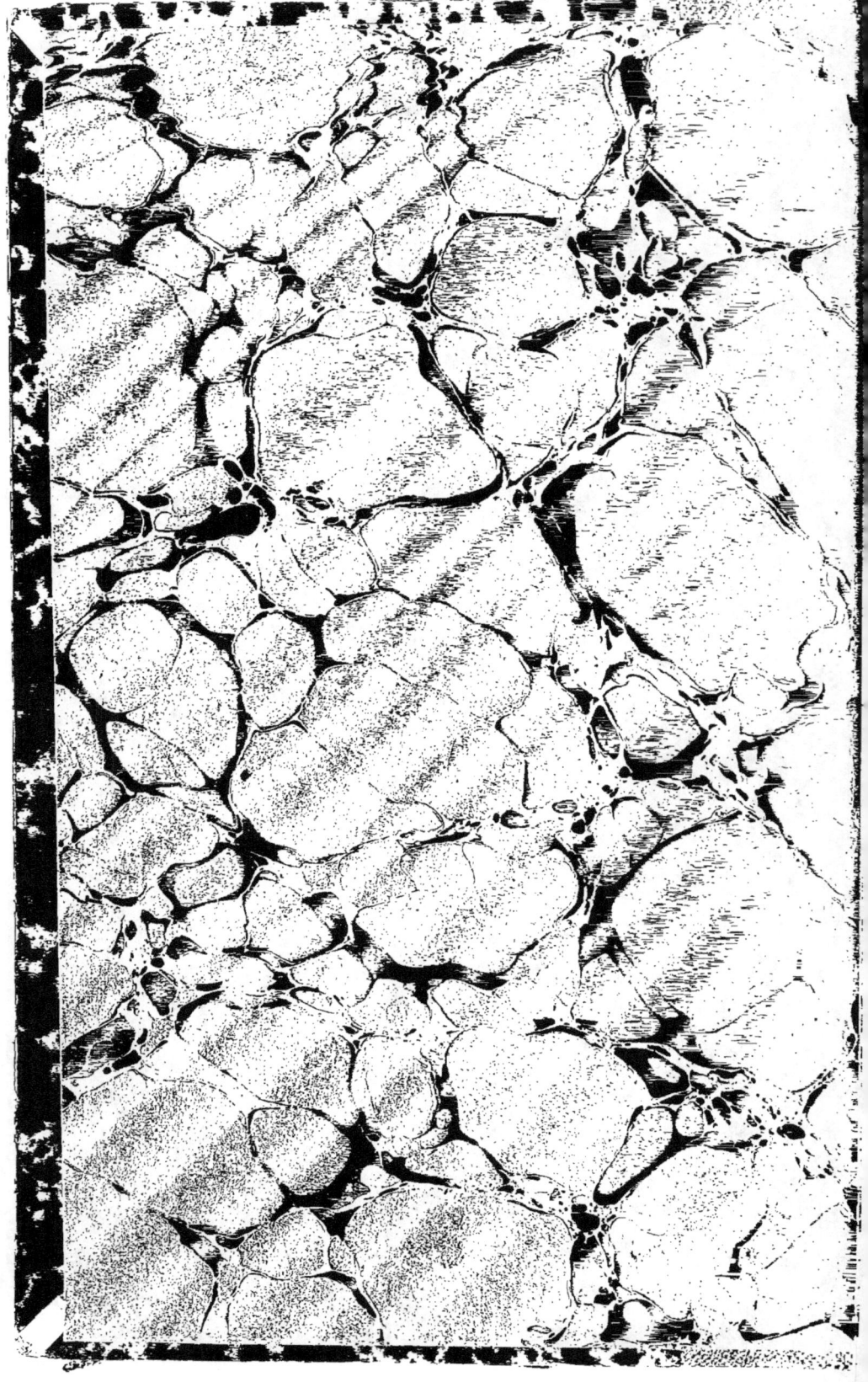

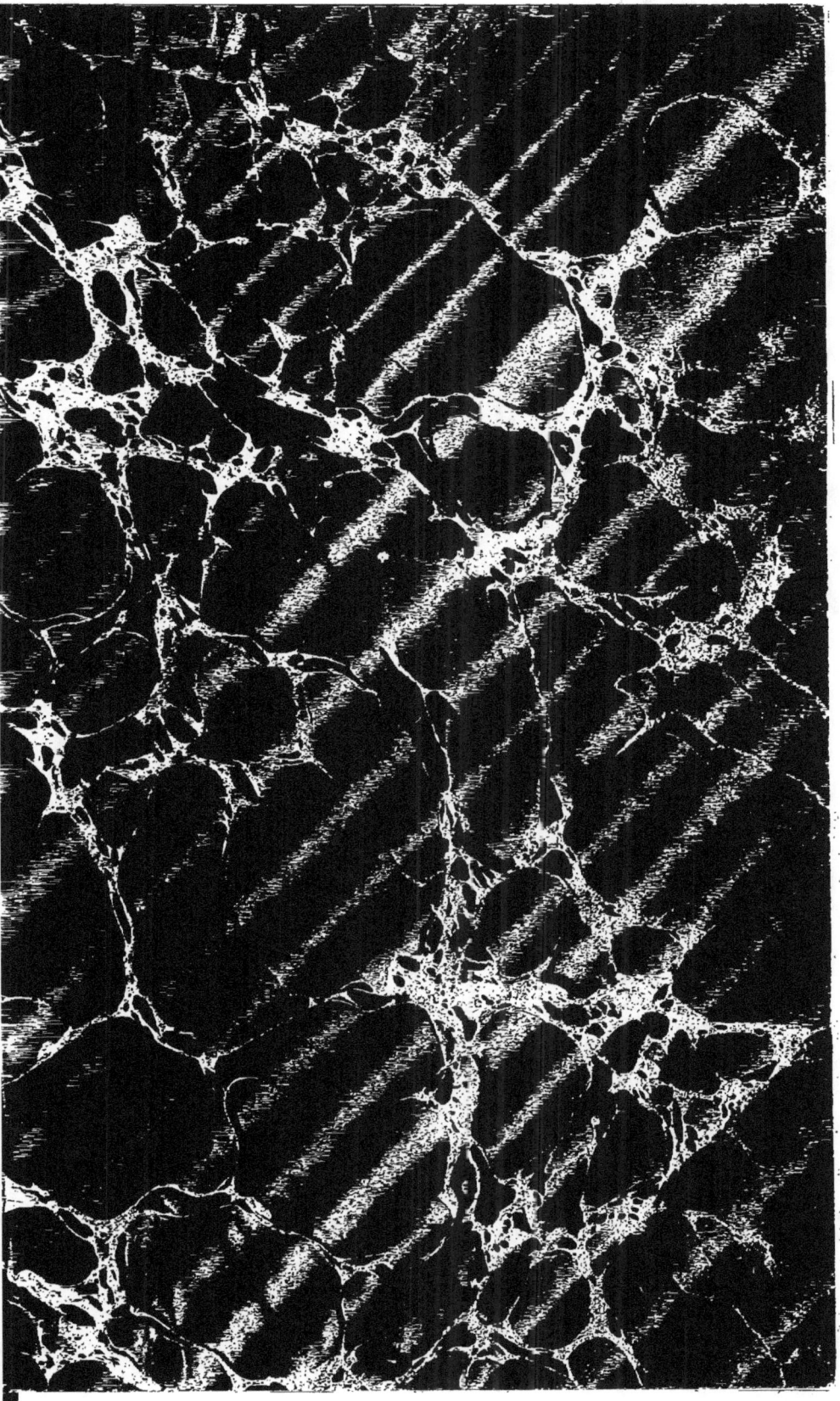

SCÈNES DE MŒURS MEXICAINES

LE PENSATIVO

PAR

LUCIEN BIART

PARIS

A. HENNUYER, IMPRIMEUR-ÉDITEUR

51, RUE LAFFITTE, 51

1884

LE PENSATIVO

SCÈNES DE MŒURS MEXICAINES

LE PENSATIVO

PAR

LUCIEN BIART

PARIS

A. HENNUYER, IMPRIMEUR-ÉDITEUR

51, RUE LAFFITTE, 51

—

1884

Droits de reproduction et de traduction réservés.

A

MADAME GABRIELLE VALLIN

Souvenir affectueux.

LE PENSATIVO

I

La ville de Guanajuato, aujourd'hui capitale
du plus important des districts miniers du
Mexique, fut fondée en 1554, dans une des
parties de l'ancien royaume de Michoacan.
Après avoir détruit ou refoulé, à la suite de
longues luttes, les belliqueuses tribus indiennes
qui occupaient ce beau pays, les Espagnols,
frappés de sa fertilité, songèrent à le repeu-
pler. Ils y transportèrent de force des Indiens
de la vallée de Mexico, et, grâce à ce mode
expéditif de colonisation, la province de Guanajuato devint en peu d'années un centre agri-
cole aussi renommé pour ses belles récoltes
de blé, d'orge et de maïs que pour les produits
de ses arbres fruitiers.

Hasard singulier ! Près de deux siècles s'écoulèrent avant que les possesseurs de ces terrains privilégiés fissent la découverte que les monts à la base desquels ils cultivaient les arbres fruitiers d'Europe renfermaient d'inépuisables trésors métalliques. Ce fut seulement, en effet, à la fin du dix-huitième siècle que, sans délaisser l'agriculture, la province de Guanajuato se transforma brusquement en district minier. Beaucoup de propriétaires, alléchés par d'heureuses trouvailles faites par leurs voisins, tournèrent aussitôt leur activité vers le travail des mines. Chacune des nombreuses collines qui entourent la ville fut sondée, percée, fouillée. L'argent se montra en telle abondance dans ces nouvelles exploitations qu'un seul filon fournit bientôt un rendement égal à tous ceux du Pérou réunis. Au commencement de notre siècle, on considérait qu'un tiers de l'argent en circulation dans le monde provenait de la riche province, proportion qui est restée vraie. Un détail curieux à rappeler, c'est que l'excavation la plus profonde qu'aient pratiquée les hommes — mille mètres environ — est un des puits de la *Valenciana* de Guanajuato, célèbre mine qui, de 1771 à 1835, a donné jusqu'à trente millions de francs par année.

L'hôtel des Monnaies de Guanajuato, d'où sont sorties tant de ces piastres ornées de deux colonnes si recherchées par les Chinois et les Hindous qui, dans leurs transactions avec les Européens, ne voulaient naguère accepter en payement que cette valeur, est un édifice dont Humboldt a vanté l'heureuse disposition architecturale. Or, le 28 août 1810 — le Mexique à cette date appartenait encore à la couronne d'Espagne — un jeune homme aux traits avenants, à la peau légèrement bistrée, au front ombragé par une chevelure noire bouclée, la lèvre supérieure couverte par une moustache qui ne cachait ni sa bouche souriante ni ses dents d'une blancheur éblouissante, et monté sur un cheval dont la longue crinière révélait l'origine andalouse, s'élançait, escorté d'une dizaine de cavaliers, hors de la cour mauresque

du fameux établissement métallurgique dont
il était un des ingénieurs. Né à Mexico, ancien
élève de l'École des mines de cette ville, Cayétano Victoria, fils d'un ex-capitaine créole,
résidait depuis près d'une année à Guanajuato
et venait d'obtenir un congé pour aller rendre
visite à sa famille. Le cheval, à cette époque,
était le seul moyen de transport en usage au
Mexique, et le jeune voyageur allait parcourir
une distance d'à peu près soixante lieues
que, vu l'excellence de sa monture, il espérait franchir en moins de cinq jours.

Il était sept heures du matin ; le soleil venait
d'apparaître au-dessus des crêtes qui dominent
la ville, et, bien que le ciel fût d'une pureté absolue, Cayétano et les amis qui lui faisaient la
conduite se drapaient jusqu'au nez dans ces
couvertures de laine aux dessins bizarres qui,
de nos jours encore, forment une partie in-
dispensable du costume mexicain. A la hauteur à laquelle est construite la ville de Guanajuato — 2 084 mètres au-dessus du niveau de
la mer — les couches peu épaisses de l'air

s'échauffent difficilement, et dix ou douze degrés — au-dessus de zéro, bien entendu —
constituent une température rigoureuse pour
les frileux Mexicains, accoutumés à une
moyenne de 20 degrés.

Parvenue au point culminant de la route qui
conduit à Quérétaro, la cavalcade s'arrêta pour
prendre congé du voyageur. Chaque cavalier,
faisant caracoler sa monture avec dextérité,
vint à tour de rôle se ranger près de Cayétano
et le gratifier de cette accolade créole qui con-
siste à se presser épaule contre épaule, en s'entourant la taille du bras. En même temps,
chacun souhaitait au jeune homme la bonne
fortune d'éviter les mauvaises rencontres. C'est
que depuis un mois environ la route de Guanajuato à Mexico avait cessé d'être sûre; des
voyageurs, des soldats isolés avaient été dépouillés de leurs armes, et, pour la première
fois depuis la conquête, les Espagnols sen-
taient, parmi les basses classes de cette partie
de leur empire, de sourdes résistances à leur
autorité.

Bientôt les cavaliers, qui semblaient avoir pour leur jeune compagnon une affection mêlée de déférence, sentiments que lui méritaient son caractère doux, chevaleresque et son savoir reconnu, reprirent le chemin de la ville en lui criant au revoir. Cayétano maintint sa monture immobile, puis regarda ses amis galoper avec intrépidité en descendant les lacets de la route. Ils avaient depuis longtemps disparu que l'ingénieur, pensif, contemplait encore l'amas d'étroites maisons qui composait alors Guanajuato, maisons dont l'aspect misérable contrastait si fort avec la réputation de richesse de l'étrange cité. Au-dessus de tous les sommets tourbillonnaient des bandes de ces vautours noirs chargés au Mexique d'un service de salubrité, celui de dévorer les immondices. Chose singulière, les rapaces décrivaient de longues courbes pour éviter de passer au-dessus de la ville, fuyant sans doute les émanations sulfureuses et mercurielles qui la rendent d'autant plus malsaine qu'elle manque d'eau courante.

Enfin, faisant pirouetter sa monture, Cayétano se tourna vers un métis qui, solidement
assis sur un cheval maigre, et coiffé d'un
chapeau à larges ailes galonné d'argent comme
celui de son maître, attendait patiemment ses
ordres.

— N'as-tu rien oublié, Huétoca? demanda
l'ingénieur.

— Non, señor maître, répondit le métis,
dont le corps disparaissait à demi entre la va-
lise qu'il portait en croupe et les poches de
jonc garnies de provisions suspendues au pom-
meau de sa selle.

— Ta carabine est chargée?

— Oui.

— Alors en route, garçon.

Le métis regarda le clocher de l'église placé
au-dessous de lui, se découvrit, se signa dévo-
tement, puis caressa des éperons attachés à
ses pieds nus les flancs de sa monture. Avec
une vigueur que la lourde charge qu'il portait
et sa silhouette efflanquée ne permettaient
guère d'espérer, le maigre animal bondit en

avant. Bientôt contenu, il prit l'allure de son compagnon andalou, c'est-à-dire ce trot long, doux, cadencé, auquel sont dressés les infatigables chevaux mexicains, dont les moindres étapes sont communément d'une dizaine de lieues.

C'était jour de marché à Guanajuato; aussi la route suivie par les voyageurs, sur laquelle ne défilaient d'ordinaire que des mules chargées de bois, de minerai ou de lingots, se montrait peuplée de métis, de mulâtres, d'Indiens, de zambos des deux sexes qui, à demi nus, courbés sous des paniers remplis de légumes, de fruits, de volailles, de charbon, trottinaient à la file sur les bords de la chaussée. Les hommes se découvraient avec un respect mêlé de crainte en passant près de Cayétano, dans lequel ils reconnaissaient à sa mise un créole, c'est-à-dire un supérieur auquel ils devaient hommage. Accoutumés au mépris des conquérants et de leurs descendants, ils paraissaient surpris de voir le jeune homme répondre avec cordialité à leur humble salut.

A cette époque, il n'est pas inutile de le rappeler, la population du Mexique, de même que celle de toutes les colonies américaines de l'Espagne, se divisait en castes séparées les unes des autres non seulement par leur origine et la couleur de leur épiderme, mais aussi par les coutumes et par les lois. La première de ces castes était naturellement celle des émigrants espagnols, vulgairement désignés par les indigènes sous le nom de *Gachupinès*, mot singulier formé, dit-on, par la contraction d'une phrase aztèque signifiant « homme armé d'éperons ». Cette qualification, d'abord honorifique, devint peu à peu un terme de mépris dans la bouche des métis ; elle est aujourd'hui une injure.

A l'origine, le titre de *créole* servit à désigner les enfants issus d'un père et d'une mère nés en Espagne, puis il s'étendit peu à peu aux individus chez lesquels le sang blanc dominait. Si, à la première heure, le créole fut jugé apte à tous les emplois, l'affluence des émigrants espagnols, qu'il fallait pourvoir

1.

d'abord, le relégua vite au second rang, et les postes inférieurs devinrent son unique apanage. Au-dessous de ces deux castes, dont l'une représentait en quelque sorte la noblesse et l'autre la bourgeoisie, se rangeait, à une grande distance, la plèbe composée de métis, de mulâtres, de zambos et enfin d'Indiens. Ces derniers, anciens maîtres du sol, soi-disant libres, n'avaient guère plus de droits que les esclaves noirs amenés d'Afrique et chargés de cultiver les côtes insalubres du grand golfe mexicain. En somme, ces différentes castes, séparées par les coutumes, les lois, les privilèges, l'étaient en outre par le costume et le langage. Un seul lien les unissait : l'unité de religion.

Un nuage de cette fine poussière blanche que la moindre brise fait tourbillonner sur le grand plateau de la Cordillère, et dont les minces colonnes s'élèvent jusqu'à cent mètres de hauteur, enveloppait constamment l'ingénieur et son compagnon, signalait leur marche. L'horizon était resserré et néanmoins pittoresque.

A droite et à gauche, loin de la route aux courbes fréquentes, presque aux pieds des collines le long desquelles elle serpentait, se montraient des cabanes en bambous. Autour de ces habitations poussaient, dans un pêle-mêle dont les Indiens sont coutumiers, des légumes, des rosiers, des salades et des lis. Des chiens efflanqués, ayant pour compagnons des porcs maigres, hurlaient plutôt qu'ils n'aboyaient au passage des cavaliers, et, attirés par leurs clameurs, apparaissaient des matrones, des jeunes filles ou des enfants à demi nus. Parfois l'apparition était charmante, imprévue. Une jeune femme, la peau dorée, le buste découvert, un bambin placé à califourchon sur sa hanche ronde, ou qu'elle tenait en équilibre sur une de ses épaules à l'aide de ses bras relevés, regardait, immobile comme une statue de bronze, passer les voyageurs. Le paysage était sévère. Çà et là des pommiers, des pruniers, des taillis de chênes. Un Européen du Nord, devant cette nature, aurait pu oublier qu'il se trouvait sous les tropiques et se croire dans son pays. Seulement, en 1810, aucun Européen, s'il n'était natif d'Espagne, ne pouvait pénétrer au Mexique qu'avec une autorisation du gouvernement de la métropole, autorisation qui ne s'accordait guère. Ce ne fut qu'après là proclamation de leur indépendance, en 1821, que les Mexicains virent pour la première fois des Anglais et des Français, races hérétiques dont ils avaient vaguement entendu parler jusqu'alors et qu'ils croyaient tributaires de cette Espagne dont ils venaient de secouer le joug.

A mesure que les deux voyageurs dépassaient les villages qui entourent Guanajuato, les piétons devenaient plus rares. Bientôt ils ne rencontrèrent plus que des âniers ou des muletiers arrivant de Mexico, avec des chargements d'huile, de vin, de sucre, d'étoffes. Parfois ils cheminaient dans des gorges étroites, au milieu de roches volcaniques de couleur bleuâtre entre lesquelles ne poussaient que des fougères ou de frêles graminées. Puis une vallée spacieuse, couverte de moissons, succédait à ces passages arides et annonçait la proximité des plaines du *Bajio*, ce grenier du Mexique où, sans qu'il soit besoin d'engrais, les semences confiées à la terre rendent jusqu'à soixante grains pour un.

Peu à peu le soleil s'éleva et ses rayons devinrent brûlants. Cayétano, se débarrassant de sa couverture, apparut vêtu du riche costume mexicain, composé d'une veste de cuir souple ornée sur toutes les coutures de broderies d'or, d'un gilet et d'un pantalon de la même matière. Huétoca, qui suivit l'exemple de son maître, portait un accoutrement identique, sauf les broderies. En outre, un pantalon ouvert sur les côtés — signe de sa condition subalterne — laissait passer un caleçon de coton. A plusieurs reprises, le métis, dont le regard doux, la face ronde et la bouche souriante révélaient la jovialité naturelle, avait essayé de lier conversation avec son maître. Celui-ci, rêveur, ne répondait que par monosyllabes aux questions qui lui étaient adressées. Prenant philosophiquement son parti de ce mutisme, et pour charmer les loisirs de la route, Huétoca se laissa devancer, puis se mit à chanter d'une voix nasillarde, et sur le même air monotone de complainte, tantôt des couplets picaresques, tantôt des cantiques d'une orthodoxie si contestable qu'ils devaient être de sa composition.

Cayétano, distrait ou absorbé, ne tournait guère la tête que pour examiner en connaisseur la nature des roches près desquelles il passait. Et pourtant ses traits s'animaient de loin en loin, son visage sérieux s'égayait d'un sourire. Dans ces minutes fugitives, l'esprit du jeune homme l'emportait sans doute vers Mexico, car il excitait sa monture et la poussait en avant. Tout à coup il tressaillit; Huétoca, dans une de ses folles chansons, célébrait l'incomparable beauté d'une Laura au front plus blanc que le sommet neigeux de l'Ixtaccihuatl, aux joues plus roses que les nuages teints par l'aurore, et dont les yeux, à cause de leur éclat, étaient, d'après les couplets, plus difficiles à contempler que le soleil. Ce nom de Laura, répété à plusieurs reprises, fit que

Cayétano ralentit peu à peu sa marche afin de mieux entendre la romance de son serviteur. Le jeune homme, sans se retourner, appuyait d'un hochement de tête approbateur chacune des qualités attribuées par la chanson à la beauté qu'elle vantait. En outre, toutes les fois que la rime ramenait le nom de Laura, il le murmurait en même temps que le rustique chanteur.

Les cheveux de la jeune fille venaient d'être déclarés plus noirs et plus brillants que les sombres gousses de l'*ahuizachi*, et les mouvements de ses longs cils comparés aux battements des ailes frémissantes d'un colibri, lorsque les deux voyageurs, prêts à s'engager dans un défilé, se rangèrent pour laisser passer un convoi de mules. En tête marchait la jument conductrice, une clochette au cou, et sur le dos de laquelle, accroupi comme un véritable singe, un négrillon d'une dizaine d'années grignotait un épi de maïs. Derrière la jument se pressaient les mules les plus ardentes, chargées de caisses ou de ballots. Dans les passages étroits de la Cordillère, les muletiers ont grand'peine à éviter les accidents et doivent redoubler de vigilance. Leurs bêtes, serrées les unes contre les autres, se heurtent et dérangent facilement l'équilibre de leurs fardeaux, qui, s'ils glissent à terre, obstruent le chemin et mettent la caravane en désordre. C'était donc pour ne pas effrayer les mules, en marchant dans un sens contraire à celui qu'elles suivaient, que l'ingénieur attendait avec patience qu'elles eussent défilé. Il fut cordialement remercié de cette attention par le maître muletier, qui, escorté d'un de ses majordomes, se tenait à l'arrière du convoi.

— Le bois de la Cruz est-il sûr? lui demanda Cayétano.

— Il l'était en apparence il y a deux heures, répondit le muletier; néanmoins, señor, tenez-vous sur vos gardes lorsque vous le traverserez. Notre nombre a dû intimider ceux qui se cachent souvent dans ses profondeurs, et ils pourraient avoir moins de respect pour vous que pour nous.

Les deux voyageurs allaient se remettre en route, lorsque apparurent de petits ânes portant chacun une douzaine de ces jarres en terre rouge qui remplacent pour les Mexicains nos cruches, nos terrines et nos marmites. Un Indien, la tête rasée, vêtu d'un caleçon de bain et accompagné de deux fillettes dont une bande d'étoffe de laine roulée autour de la taille et descendant jusqu'aux genoux constituait l'unique accoutrement, surveillait avec sollicitude la marche des ânes, afin de prévoir et d'empêcher autant que possible les chocs qui eussent pulvérisé leur fragile cargaison. Tout à coup, des imprécations résonnèrent au fond de la gorge, et les animaux restés en arrière débouchèrent au grand trot, se bousculant, se heurtant, causant mille dégâts.

A leur suite galopaient trois lanciers qui aiguillonnaient de la pointe de leurs armes les malheureuses bêtes. L'Indien et ses filles s'arrêtèrent frappés de stupeur en voyant leurs ânes, effrayés, prendre soudain le galop et joncher la route des débris de leur chargement.

Cayétano, indigné, poussa son cheval vers les lanciers.

— Arrêtez! leur cria-t-il, ne voyez-vous pas quel préjudice vous causez à ces pauvres gens?

Les Espagnols, sans prendre garde à l'ingénieur ni à ses paroles, continuèrent leur course qui devait rapidement les conduire au milieu des mules. En ce moment parut un jeune officier suivi d'une dizaine de cavaliers.

— Au nom du Christ, notre maître à tous, señor, s'écria Cayétano, qui se plaça au milieu de la route, empêchez vos soldats de ruiner ces pauvres Indiens.

L'officier, à peine âgé d'une vingtaine d'années, portait les insignes de capitaine. Il retint son cheval.

— Rangez-vous, dit-il en cinglant l'air de sa cravache, ou par Barrabas!...

L'ingénieur pâlit, mais il ne bougea pas.

— Rangez-vous! cria de nouveau l'officier d'une voix impérieuse.

— Non, répondit froidement Cayétano; je suis de la race des malheureux que vous mal-

traitez, alors que votre devoir est de les protéger, et je veux voir si vous oserez me mal-
mener comme eux.

Le jeune officier regarda son interlocuteur
avec surprise.

— Place, au nom du roi ! dit-il.

C'était là, dans la bouche d'un Espagnol,
quelle que fût sa condition, une formule devant
laquelle les Mexicains de toutes les classes,
façonnés de longue date à l'obéissance passive, se courbaient sans jamais répliquer. Les
violences, les injustices, les spoliations — et
elles étaient fréquentes au Mexique à cette
époque — se commettaient impunément à l'aide
de cette phrase sacramentelle : Service du roi.
Résister, ne fût-ce que par un geste, à une pareille injonction, c'était à la fois s'exposer aux
rigueurs des tribunaux civils et aux rigueurs
non moins redoutables de la Sainte Inquisition,
qui, disons-le bien vite à sa louange ou plutôt
à celle de la douceur du caractère mexicain,
ne faisait alors que de rares victimes. Cependant, au lieu d'obéir à l'ordre qui lui était

donné, Cayétano maintint son cheval en travers de la route.

— C'est au nom du roi, dont je suis un des
serviteurs, dit-il d'une voix frémissante et en
montrant la grenade brodée sur le collet de sa
veste, que je vous conjure, señor, d'épargner
les pauvres gens qui, de même que vous et
moi, sont ses fidèles sujets. Mais il est trop
tard ; le mal est fait, et je n'ai pu vous épargner une lâcheté.

L'Espagnol, irrité de ce dernier mot, tira
son sabre du fourreau, le fit tournoyer, puis
s'avança, menaçant, vers Cayétano, qui saisit
un de ses pistolets.

— Baissez votre arme, señor, ou vous êtes
mort, dit le jeune homme avec résolution.

Les éclaireurs, que la barrière compacte
formée par les mules avaient forcés de modé-
rer leur allure, s'aperçurent en ce moment
que leur chef ne les suivait pas et revinrent au
galop vers lui. Cavalier hors ligne, comme tous
ses compatriotes, ne voulant pas se laisser cer-
ner, Cayétano enleva sa monture et, par un

élan vigoureux, lui fit gravir le talus presque
à pic qui enserrait la route. S'armant alors de
sa carabine, il en dirigea le canon vers l'officier et se tint sur la défensive.

Les Espagnols firent bonne contenance ; toutefois, lourdement équipés, ils comprirent l'impossibilité de rejoindre celui qui les bravait.

— Par l'enfer, cria le jeune officier, qui, d'un
geste, contint ses hommes prêts à tirer, voilà
une quichottade que vous payeriez sur l'heure,
señor, si j'avais le loisir de m'occuper de vous.
Mais, sur mon honneur, je saurai tantôt qui
vous êtes, et vous ne perdrez rien pour attendre. Donc, au revoir.

Alors, avec une courtoisie qui était dans les
mœurs de l'époque, l'officier salua son adver-
saire et s'éloigna.

Bien que rapide, la scène qui venait de se
passer avait donné aux muletiers le temps
nécessaire pour ranger leurs animaux sur la
gauche du chemin. Du point culminant qu'il
occupait, Cayétano vit les lanciers reprendre leur galop désordonné, sans toutefois

causer de nouveaux dégâts. Tout en replaçant sa carabine à l'arçon de sa selle, le jeune homme suivit longtemps, d'un regard animé par la colère, la marche rapide des cavaliers, à demi cachés par les nuages de poussière qu'ils soulevaient. Puis son attention fut ramenée au-dessous de lui par des cris d'imprécation.

— Oui, fuyez, *Gachupinès*, voleurs et fils de Belzébuth ! criait Huétoca, le poing tourné vers les soldats. Pourquoi le navire qui vous a amenés de votre pays n'a-t-il pas eu l'esprit de faire naufrage et pourquoi ne s'est-il pas trouvé sur votre route une pierre assez intelligente pour vous casser le cou ? Pourquoi...

— Tais-toi, lui dit Cayétano qui, lançant son cheval sur la pente du talus avec une hardiesse plus grande encore que celle dont il avait preuve en la gravissant, arriva près de son serviteur ; n'imite pas les renards, qui ne savent glapir que dans l'ombre et de loin.

— Par mon saint patron, señor, répondit le métis qui éleva au-dessus de sa tête sa cara-

bine armée, le soleil nous éclaire, et ceci prouve
qu'au besoin je saurais mordre. Si l'un de ces
Gachupinès avait par malheur tiré sur vous, je
me tenais prêt à riposter en frappant leur chef,
qui, à l'heure présente, souffrirait d'une mala-
die de ma façon.

Huétoca ne se vantait pas. Voyant accourir
les lanciers et comprenant que sa monture, trop
chargée, ne pourrait imiter l'escalade accom-
plie par celle de son maître, il s'était rapidement adossé à un des mimosas qui bordaient
la route. Là, après avoir mis pied à terre,
abrité par son cheval, il avait décroché sa
carabine et tenu en joue le jeune officier, sans
que celui-ci s'en doutât.

— Oui, oui, garçon, répondit Cayétano, je
sais que tu es brave ; mais remonte sur ta bête
et partons.

— Ne devons-nous pas craindre, señor, dit
le métis tout en se remettant en selle avec
lenteur, que ces coquins, si durs au pauvre
monde, ne s'informent à Guanajuato du nom
de nos pères et que, sur leur recommanda-

tion, on ne nous jette en cage à notre arrivée à Mexico ?.

— Nous avons répondu à une menace, sans commettre aucune action que ne puissent avouer d'honnêtes gens, répondit Cayétano. Si l'on voulait nous inquiéter, j'en appellerais avec confiance au vice-roi, qui est juste.

— Oui, en qualité de créole, d'ingénieur au service du roi, vous auriez pour juge Son Excellence elle-même, et vous pourriez vous expliquer, répondit Huétoca avec une moue comique. Quant à moi, qui ne suis qu'un métis, c'est-à-dire quelque chose qui compte peu ou pas, on me placerait face à face avec un bon père inquisiteur. Sa Grâce ne me ferait peut-être pas pendre ; seulement, pour le bon exemple, elle m'enverrait gagner le ciel, par une vie d'humilité, au bagne d'Acapulco.

— Tes craintes sont exagérées, Huétoca, tu n'as point pris part à la querelle, que je sache ?

— Ce serait là mon crime, señor ; lorsque vous avez bravé les Gachupinès, mon devoir, d'après leurs lois, m'ordonnait de les aider à s'emparer de vous.

Cayétano secoua la tête ; il y avait du vrai dans la déclaration de Huétoca.

— Ne t'inquiète pas, dit-il ; tu m'appartiens, et je saurais au besoin te défendre. Attends ; avant de continuer notre route, nous allons aider ce pauvre Indien à réunir ses bêtes.

Le malheureux ânier, qui apportait de Puebla, c'est-à-dire d'une distance de cent lieues au moins, la fragile marchandise dont une moitié venait d'être brisée par le caprice des lanciers, faisait peine à voir. Assis sur le sol, il regardait machinalement ses filles courir après les animaux dispersés. Cayétano et son serviteur, galopant à droite et à gauche, eurent vite fait de réunir les maigres roussins, qui broutaient philosophiquement là où le hasard de leur fuite les avait conduits. Avant de s'éloigner, le jeune ingénieur jeta deux piastres aux pieds de l'ânier, somme qui, bien que minime, compensait largement le préjudice qui

venait de lui être causé. Le brave homme, stupéfait, reprit aussitôt courage, et les deux voyageurs avaient depuis longtemps disparu dans
le défilé qu'il les accablait encore de naïves
bénédictions.

II

L'acte d'inutile violence dont il venait d'être
témoin et qui se reproduisait chaque jour, sous
vingt formes différentes, d'une extrémité à l'autre de son pays, faisait tristement réfléchir
Cayétano. Instruit, sensé, le jeune ingénieur,
de même que bon nombre d'hommes de son
âge, commençait à trouver lourde cette domination féodale de dignitaires espagnols de tous
grades, qui se vantaient, avec arrogance, d'être
à la fois des étrangers et des maîtres dans la
contrée qu'ils gouvernaient. Créole et bien
qu'il eût du sang européen dans les veines,
Cayétano était considéré, par les lois coloniales
en vigueur, comme appartenant à une race in-
férieure à celle des conquérants, et condamné
à toujours obéir. Depuis plus de deux siècles,
les emplois honorifiques et lucratifs du Mexi-

que étaient l'apanage de gens le plus souvent
grossiers, illettrés, pressés de s'enrichir, envoyés par la métropole et ne possédant guère
d'autre mérite que celui d'être nés en Espagne.
Cayétano, de même que ses anciens collègues
de l'École des mines, se sentait intellectuelle-
ment supérieur à ceux qu'il devait respecter,
dont il lui fallait parfois, sans appel possible,
subir les injustes caprices. Or nombre de ces
jeunes savants, imbus, on ne sait par quelle
voie, de ce que l'on nommait alors les « idées
françaises », nourrissaient de sourds ressenti-
ments contre les dominateurs de leur patrie,
dans laquelle ils n'avaient d'autres droits que
de vivre et de mourir. Ils tenaient pour abusive
la lourde tutelle qui pesait sur eux et rêvaient
un ordre social où disparaîtraient les inégalités
choquantes, humiliantes, qui séparaient, moralement aussi bien que physiquement, le créole
de l'Espagnol, le métis du créole et l'Indien du
métis. Ce qui existait, peut-être bon au temps
où les Indiens n'étaient que des rebelles idolâ-
tres, n'avait plus de raison d'être alors que le

roi d'Espagne régnait sans conteste, alors que les créoles, qu'on le voulût ou non, descendaient, en somme, des Cortès, des Ordas, des Bernal Diaz, en un mot des héros qui avaient autrefois renversé l'empire de Mocteuczoma, et dont on vantait sans cesse les hauts faits. Ces idées, jointes à celles de justice, de liberté, d'égalité devant la loi, dont la conquête avait si fortement bouleversé la France, commençaient à obséder l'esprit des habitants éclairés du Mexique, et cela en dépit de lois soupçonneuses, draconiennes, placées sous la sauvegarde redoutable de la Sainte Inquisition.

Aussi l'action brutale des lanciers, à laquelle il avait tenté en vain de s'opposer et qui lui avait démontré son impuissance, tenait-elle frémissante l'âme généreuse de Cayétano. Il songeait une fois de plus à ces réformes nécessaires dont lui et ses amis causaient si souvent en secret. Mais, dans sa foi robuste, dans son loyalisme qui, en dépit des injustices commises en son nom, lui faisaient considérer le roi d'Espagne comme un maître dont on ne pouvait discuter la volonté sans se révolter contre Dieu, au nom duquel il gouvernait, l'ingénieur murmurait cette phrase, qui a longtemps été celle des Mexicains opprimés : Si Sa Majesté le savait !

Huétoca, de son côté, avançait silencieux. Le métis se demandait pourquoi la Sainte Inquisition, qui déclarait tous les hommes frères, avait des peines différentes pour le même délit, selon que le coupable était un Européen, un créole ou un Indien. La couleur de sa peau, invoquée contre un pauvre diable, lorsqu'il faisait du tapage après avoir bu en trop un verre d'eau-de-vie de canne, lui semblait un piètre argument, alors qu'on lui affirmait, d'autre part, que tous les hommes, y compris ce roi d'Espagne dont chacun parlait sans l'avoir jamais vu, descendait en ligne droite d'Ève et d'Adam. Huétoca, à vrai dire, se perdait vite dans ses raisonnements. La seule chose bien claire, dans son esprit, c'est qu'il haïssait les Espagnols, surtout sous forme d'alguazils, quand ils s'ouvraient un passage dans une foule à coups de plat de sabre ou de bâton.

Ces réflexions égalitaires, qui eussent pu leur coûter la liberté si l'œil d'un inquisiteur avait réussi à la lire sous leurs fronts, n'occupèrent qu'un instant les deux voyageurs. Marchant sur une route uniforme, encaissée de hauts talus, Huétoca, pour s'égayer, reprit soudain ses chansons. Quant à Cayétano, sa pensée franchit l'espace et se rendit d'un bond à Mexico, dans la demeure paisible où vivaient son père, sa mère et sa belle cousine Laura, que semblait avoir voulu dépeindre l'auteur des couplets chantés par Huétoca.

La route, complètement déserte, serpentait parfois entre deux murs de roches d'un aspect grandiose ou parmi des chênes dont l'ombre froide força bientôt les voyageurs à s'envelopper de nouveau de leurs couvertures. Les pieds des chevaux, bien qu'ils ne fussent pas ferrés, résonnaient en cadence sur le sol pierreux. De temps à autre, un de ces cerfs aux bois d'une ampleur démesurée, dont la race est aujourd'hui à la veille de disparaître, traversait le chemin. Parfois une longue fouine au pelage grisâtre, dont le corps onduleux semblait ramper, longeait un moment la chaussée, se retournait menaçante et s'enfonçait à l'improviste dans un terrier. De rares oiseaux, pies, geais à collier blanc, ou échenilleurs, s'enfuyaient d'un arbre qu'escaladaient des écureuils noirs, ou simplement à la vue des cavaliers. Lorsque le soleil, trouvant un passage entre les branches, éclairait d'un rayon la mousse, les fougères et les pervenches dont les berges étaient tapissées, des papillons aux ailes azurées montaient et descendaient d'un vol saccadé dans cette bande lumineuse. De gauches scarabées accouraient prendre part à ce divertissement ; vite étourdis à force de tourbillonner, ils tombaient lourdement sur la route, où de petits mammifères, rivalisant de prestesse, s'empressaient de les happer.

Après une heure d'une marche assez rapide, que la monotonie du spectacle rendait pénible, Cayétano et son serviteur atteignirent enfin le dernier contrefort de la Cordillère et se trouvèrent bientôt sur le bord d'un plateau. Ils s'ar-

rêtèrent pour contempler au loin les immenses
et fertiles plaines du Bajio, qui se déroulaient
sous leurs yeux. A leur droite s'échelonnaient
les montagnes qu'ils allaient abandonner; au-
dessous d'eux, une avancée de la forêt de la
Cruz, qu'il leur restait encore à traverser,
étendait à perte de vue la masse bariolée de
ses feuillages. A leur gauche, l'horizon, sans
limites visibles, apparaissait noyé de soleil,
coupé par les sommets des trois géants au
front couronné de neige du Mexique : le Popocatepetl, l'Istaccihuatl et l'Orizava. Un ruis-
seau, dont l'eau claire et glacée traversait la
route, arrêta les deux cavaliers. Ils entravè-
rent leurs chevaux, qui se mirent aussitôt à
brouter, tandis que leurs maîtres, tirant d'une
poche de jonc des galettes de maïs et des
fruits, déjeunaient les regards perdus sur
l'immensité qu'ils devaient franchir.

Depuis leur entrée dans le défilé, dont ils
venaient enfin de sortir, les voyageurs n'a-
vaient rencontré ni piétons, ni cavaliers, ni
muletiers. Or la route de Mexico à Guana-

juato, dite *route des terres intérieures,* est une
des cinq grandes artères du commerce mexicain, et la plus importante après celle de Vera
Cruz à Mexico. Par quel hasard se trouvait-
elle si complètement déserte à l'heure la plus
favorable pour cheminer? Cayétano s'en montra inquiet. Aussi, son frugal repas terminé, il
se hâta de se remettre en selle et commença à
descendre vers la forêt, dont les cimes vertes
remontaient sur les crêtes de la Cordillère et
les couronnaient.

L'ingénieur avait à peine parcouru une distance de cent pas, lorsqu'une série de détonations retentirent au-dessous de lui. Il contint
sa monture et se dressa sur ses étriers, comme
s'il espérait voir à travers le dôme de ver-
dure qu'il dominait. Bientôt les échos se ren-
voyèrent, en le multipliant, le bruit d'une fusillade assez nourrie.

— Par les os de mon saint patron, señor,
s'écria Huétoca, qui venait de se ranger près
de son maître, on se bat dans le bois de la
Cruz.

— Se battre! dit Cayétano. Qui? et contre qui?

Les deux voyageurs prêtèrent l'oreille avec anxiété; plusieurs détonations retentirent encore, puis de sourdes clameurs montèrent jusqu'à eux.

— Ce sont des chasseurs, dit Cayétano en rendant la bride à son cheval, ou plutôt des Indiens qui célèbrent une fête.

— Arrêtez, señor, s'écria Huétoca; il ne s'agit pas d'une fête, et si ce sont des chasseurs, leur gibier se compose sans aucun doute de Gachupinès.

Tout en parlant, le métis étendait la main et montrait à son maître six lanciers qui, la carabine au poing, venaient de dépasser les arbres. Les soldats galopèrent un instant, puis firent volte-face. Un de leurs compagnons, dont la monture boitait, apparut en arrière. Deux détonations partirent du bois, cheval et cavalier roulèrent sur le sol. A cette vue, les lanciers tournèrent bride de nouveau, et gravirent au grand trot la côte qui devait les amener sur la hauteur où se tenaient nos deux cavaliers.

— Je ne suis pas plus poltron qu'un autre, dit aussitôt Huétoca ; mais mon père, qui était un homme d'expérience, m'a toujours recommandé de me garer d'un taureau furieux, d'un tigre blessé, et surtout d'un homme qui fuit. Les seigneurs lanciers, à juger par les apparences, ont bien l'air de fuir. Si Votre Grâce veut me croire, señor, nous rentrerons dans le bois pour leur enlever la tentation de se venger sur nous du désagrément qu'ils viennent d'éprouver.

Très intrigué d'une scène qu'il ne pouvait s'expliquer, Cayétano jugea bon de suivre le conseil de son serviteur. Rebroussant chemin, les voyageurs pénétrèrent entre les arbres et se postèrent de façon à pouvoir surveiller la route. Bientôt les lanciers, arrivés en face d'eux, laissèrent un instant souffler leurs chevaux. En même temps, ils examinaient avec inquiétude le défilé qui s'ouvrait devant eux et discutaient en langue catalane. Enfin ils s'enfoncèrent au galop dans le bois, se dirigeant vers Guanajuato.

On n'entendait plus d'autres bruits que celui des griffes d'un écureuil escaladant un tronc d'arbre, ou celui d'un pic frappant ses coups mesurés, que Cayétano se tenait encore aux écoutes et cherchait en vain une explication raisonnable à ce qu'il venait de voir.

— Je sais que l'on attendait aux mines un convoi de poudre, dit-il soudain, et c'est l'avant-garde qui l'escortait que nous avons d'abord rencontrée. Quant aux soldats du convoi, ils se seront probablement pris de querelle et viennent de faire usage de leurs armes les uns contre les autres.

— C'est possible, répondit Huétoca; et, s'il en est ainsi, je regrette qu'ils ne se soient pas exterminés jusqu'au dernier. En tout cas, nous savons maintenant pourquoi la route est déserte; elle est interceptée. Qu'allons-nous faire?

— Connais-tu un sentier qui puisse nous conduire dans la plaine?

— Oui ; mais c'est comme s'il n'existait pas ; il n'est praticable que pour les piétons.

— Alors, répliqua Cayétano, qui poussa résolument son cheval, à la grâce de Dieu.

Huétoca fit un signe de croix ; puis, après s'être assuré que sa carabine était bien à portée de sa main, il se rangea près de son maître. Les deux cavaliers avancèrent au pas, les regards fixés sur l'entrée du bois qu'ils devaient traverser. Bientôt ils approchèrent du cheval qu'ils avaient vu tomber. Dépouillé de sa selle et de sa bride, l'animal gisait l'œil terne, et trois vautours décrivaient des cercles au-dessus de lui.

— Le soldat qui montait cette bête a dû être blessé et se traîner dans les buissons, dit Cayétano en se rapprochant du talus qui bordait la route vers la gauche.

— Non, répondit Huétoca ; les herbes ne sont pas foulées. Des hommes sont sans doute sortis du bois et l'ont emporté.

Les voyageurs reprirent leur marche, avançant plus que jamais avec circonspection. Parvenus près d'une croix de pierre qui marquait l'entrée du bois et lui valait son nom, ils demeurèrent un instant indécis. Enfin Cayétano pénétra parmi les arbres, et, d'un rapide regard, sonda la route qui, à deux cents mètres plus loin, tournait brusquement.

— Y a-t-il longtemps que Votre Grâce s'est confessée? demanda soudain Huétoca à son maître en se pressant contre lui.

— Pourquoi cette question? répliqua Cayétano surpris.

— C'est que nous sommes en danger de mort, señor, et qu'il est l'heure de recommander notre âme à Dieu. Il y a un homme derrière chacun des chênes que nous venons de dépasser, et il me semble à chaque pas sentir une balle m'entrer dans la tête ou dans le dos.

Cayétano saisit sa carabine et ramassa son cheval, prêt à s'élancer ou à rétrograder.

— Pied à terre, lui cria une voix impérieuse.

En même temps, des métis, des mulâtres et des Indiens, armés de sabres, de fusils de chasse ou de pistolets d'arçon, se montrèrent de tous les côtés.

Fuir ou se défendre était également impossible, Cayétano le comprit. Il se crut au pouvoir de voleurs de grand chemin ; cependant leur nombre et leur étrange équipement le surprenaient. Du reste, il n'eut pas à réfléchir longtemps ; l'homme qui lui avait intimé l'ordre de mettre pied à terre, et qui portait le costume d'un riche muletier, s'avançait en réitérant son ordre. Cayétano obéit.

— Je tiens beaucoup à mon cheval, dit-il ; puis-je vous prier, señor, d'empêcher qu'il soit maltraité ?

— Maltraiter une telle bête ! s'écria le muletier qui examinait l'andalou avec admiration ; nous prenez-vous par hasard pour des sauvages ? Je ne confierai qu'à moi-même la peine de la soigner.

Le muletier, qui venait d'enfourcher sans façon le bel animal, lui fit décrire un cercle autour de son maître.

— J'ai une longue marche à faire, reprit le

jeune homme qui essayait de rester calme, ne pourriez-vous me dire, señor, ce que vous désirez de moi et me laisser continuer ma route ? S'il vous faut une rançon pour ma monture et pour moi, je m'engage à la payer, quelle qu'elle soit.

— Nous ne sommes pas des voleurs, répondit le muletier ; toutefois je n'ose vous garantir que votre cheval vous sera rendu. Voulez-vous prendre la peine de m'accompagner vers le général ?

Cette réponse, bien que faite avec courtoisie, fut prise pour une mauvaise plaisanterie par Cayétano, qui néanmoins suivit le cavalier. Huétoca, après avoir énergiquement parlementé de son côté pour ne pas se séparer de sa monture, vint bientôt, l'oreille basse, se placer à la suite de son maître. Arrivé au tournant de la route, l'ingénieur s'arrêta stupéfait. Une clairière, large de cent mètres, s'ouvrait devant lui, encombrée de chevaux, d'ânes, de mulets, de barils de poudre et de ballots. Çà et là, des animaux morts ; puis des cadavres d'Espagnols, de métis, de nègres, à la face convulsée. Partout, sur le sol blanc, de larges taches rouges. Des Indiens, armés de houes, creusaient un fossé dans lequel d'autres jetaient, après les avoir dépouillés de leurs vêtements, vainqueurs et vaincus. Un peu plus loin, une trentaine de blessés, soldats et métis, assis ou couchés sur un talus, pressaient leurs blessures de leurs mains sanglantes; ils attendaient leur tour d'être pansés par un chirurgien des troupes du roi, dont un mulâtre, le pistolet au poing, surveillait les mouvements. Le soleil éclairait de sa lumière d'or cette scène de désolation, des papillons voltigeaient au-dessus des visages blêmis par la mort.

Cayétano s'était arrêté, et il fallut que son guide lui intimât par deux fois l'ordre d'avancer pour qu'il reprît sa marche. Évidemment, le combat dont les voyageurs avaient entendu le tumulte s'était livré en cet endroit. Mais l'étonnement de Cayétano croissait; si des voleurs détroussaient parfois les voyageurs isolés, ils s'attaquaient bien rarement aux convois de mules et jamais à ceux que des soldats escortaient.

Suivant toujours les pas de son guide, le jeune ingénieur passa près d'une cinquantaine d'Indiens qui, le sabre en main, gardaient dix lanciers garrottés et nombre de muletiers ou de voyageurs sans doute arrêtés comme il venait de l'être lui-même. Les barils qui couvraient le sol contenaient des munitions, et on les transportait dans l'intérieur du bois. Un cavalier vêtu d'une veste de velours bleu, en arrière duquel se tenaient avec déférence trois jeunes hommes admirablement montés, surveillaient le transport des munitions et encourageaient les travailleurs.

— Luis ! cria Cayétano, qui s'élança vers le cavalier.

Le jeune chef tourna la tête, aperçut l'ingénieur, et sauta à bas de son cheval.

— Toi! toi! répéta-t-il en le pressant dans ses bras. Vive Dieu, mon camarade, je ne comptais guère te voir aujourd'hui. Par quel hasard es-tu sur cette route ?

— Je suis en congé, et je vais à Mexico embrasser mon père et ma mère. Mais, toi, quel étrange métier fais-tu donc?

— Un métier qui, je l'espère, deviendra tôt ou tard le tien et celui de tous nos compatriotes, répondit Luis avec gravité. Je suis las d'obéir aux Gachupinès, je veux les chasser de notre pays, et, à la tête des braves gens que tu vois, je viens de gagner une première bataille.

— Lutter contre le roi d'Espagne! s'écria Cayétano. Tu es fou!

— C'est possible, répliqua le jeune commandant; lorsque les sages sont par trop prudents, il faut bien que les fous s'en mêlent. Ou ma folie me coûtera la vie, ou elle aura pour résultat de soustraire six millions d'hommes au joug qui les avilit. Les Espagnols, dans leur arrogance, faisant allusion à notre nourriture nationale, répètent avec dédain que c'est de la bouillie de maïs qui coule dans nos veines, à nous autres Mexicains; je viens de leur prouver et je leur prouverai encore qu'ils se trompent, que c'est du sang. Mais il n'est pas l'heure de discuter. De gré ou de force, tu vas rester mon prisonnier, au moins jusqu'à demain. Je ne désespère pas de te communiquer ma folie, mon vieux camarade, ainsi que je l'ai déjà communiquée à ceux dont tu me vois entouré. C'est un mot magique, vois-tu, que celui de liberté.

Cayétano allait répliquer.

— Je n'ai pas le loisir de t'écouter en cet instant, lui dit avec vivacité le jeune chef, qui se remit en selle. Les troupes de Guanajuato seront ici ce soir, et il m'importe de mettre hors de leurs griffes les munitions dont je viens de m'emparer. Holà! Pablo, continua-t-il en s'adressant à un de ses aides de camp, je te confie ce caballero. Il est mon ami. Conduis-le au camp, où nous serons tous avant deux heures d'ici.

Luis s'éloigna.

— Voulez-vous prendre la peine de me suivre, señor? dit Pablo à l'ingénieur, à qui ce qu'il voyait et entendait semblait un rêve.

— Certes, répondit Cayétano; mais ne me ferez-vous pas rendre mon cheval?

Le muletier qui conduisait l'andalou se fit répéter par deux fois l'ordre de mettre pied à terre et n'obéit qu'avec lenteur. Heureux de se sentir de nouveau sur sa monture favorite, Cayétano se disposait à suivre son nouveau guide, lorsque son nom, prononcé avec angoisse, vint frapper son oreille. Il vit Huétoca se débattre contre deux Indiens qui l'entraînaient, et lui fit aussitôt rendre la liberté. On se mit à la recherche de la monture du métis, que l'on retrouva dépouillée de ses paquets. C'était une perte de peu d'importance pour Cayétano que celle de ses effets; aussi ne s'obstina-t-il pas à vouloir les retrouver. Sur les pas de son guide, il gravit un sentier abrupt qui le mena au sommet de la Cordillère. Bientôt il déboucha sur un plateau bordé de précipices, inexpugnable position dont le seul côté accessible se trouvait défendu par un rempart d'arbres récemment abattus.

Là, dans toutes les directions, brillaient des

feux autour desquels des Indiennes et des mé-
tisses broyaient des grains de maïs, les rédui-
saient en pâte et faisaient cuire, sur de grandes
rondelles de terre nommées *comales*, les galettes qu'elles façonnaient. Des sentinelles, les
unes à pied, les autres à cheval, gardaient
l'immense enceinte où venaient s'entasser les
barils, les sacs de grains, et, en dépit de la
surveillance des chefs, nombre des ballots de
marchandises épars sur la route. Cayétano mit
pied à terre près d'une cabane de feuillage qui
lui fut désignée comme la tente du général.
Après l'avoir recommandé au capitaine chargé
de la garde du camp, son guide le salua, puis
lança son cheval sur la pente couverte d'arbres,
pour retourner vers son chef.

Lorsqu'il fut demeuré seul, mille pensées
assaillirent l'esprit de Cayétano. Luis Caldéron,
qu'il venait de retrouver à la tête d'une bande
d'insurgés, avait été son condisciple à l'École
des mines. C'était une âme enthousiaste, énergique, qui n'avait jamais dissimulé la haine
que lui inspiraient les Espagnols. Mais si Cayé-

tano avait souvent été d'accord avec son ami
sur la nécessité d'exiger des réformes en harmonie avec les lumières du siècle, il se sentait
effrayé de le voir en révolte armée contre les
troupes du roi. A n'en pas douter, il existait
dans le pays assez de mécontents pour que
Luis recrutât quelques centaines d'hommes
résolus, — il les possédait déjà, — toutefois,
que pourrait cette petite troupe, sans discipline
et mal équipée, contre l'armée aguerrie dont
disposait le gouvernement colonial? Et pourtant, de quelle façon devenir libres, alors que
tant de pétitions, adressées à Madrid pour réclamer que les droits de citoyens devinssent
l'apanage des créoles aussi bien que des Castillans, étaient restées sans réponse; alors que
plusieurs de ceux qui avaient osé les signer
expiaient leur courage au fond des cachots
du Saint-Office?

Ces craintes, ces objections, se présentaient
successivement à l'esprit de Cayétano et l'at-
tristaient. Après avoir parcouru le camp im-
provisé, causé avec ses gardiens, chez qui il

retrouva les rêves égalitaires de Huétoca, le
jeune homme s'établit sur le bord d'un préci-
pice au fond duquel mugissait un torrent. Le
Mexique, à cette époque plus encore qu'aujourd'hui, présentait ces contrastes d'une route
carrossable, indice de civilisation, bordant des
déserts inconnus. L'ingénieur, du point élevé
qu'il occupait, voyait s'étager au loin des sommets couverts de forêts que la hache des pion-
niers n'avait jamais outragées, et ses regards
plongeaient dans le gouffre ouvert au-dessous
de lui. Deux murailles à pic, auxquelles s'ac-
crochaient des cactus, des orchidées, des
lierres, avaient pour base un entassement de
rochers. Parfois un cri rauque, sauvage, par-
tait de l'obscure profondeur, et un aigle, se
détachant de la paroi à laquelle était accolée
son aire, ouvrait ses ailes puissantes, s'élevait
en tournoyant, pour dépasser bientôt tous les
sommets et planer en pleine lumière. C'était là
en quelque sorte une image des aspirations de
don Luis, et n'avait-il pas raison? Ne fallait-il
pas, à la fin, qu'un esprit audacieux donnât le

signal d'une résistance, d'une revendication à main armée, puisque l'on était las de supplier en vain ?

Lorsque, après deux heures d'attente, Cayétano entendit soudain retentir au loin des tambours et des clairons ; lorsqu'il vit les hommes qui l'entouraient se former tant bien que mal en rangs, et que don Luis, à la tête de ceux qui avaient combattu, parut avec ses prisonniers, salué par des cris enthousiastes de : Vive le Mexique ! A bas l'Espagne ! une émotion belliqueuse s'empara du jeune ingénieur. Il oublia le petit nombre des insurgés, crut voir tout son pays en armes, et sa voix acclama son ami d'un chaleureux : « Vive la liberté ! » que lui rapportèrent aussitôt, comme pour l'applaudir, les graves échos des montagnes voisines.

III

Si impérieuse que fût son impatience de continuer sa route, Cayétano dut céder aux instances de don Luis et demeurer près de lui jusqu'au lendemain. Il parcourut de nouveau le camp en compagnie de son ami, admira la forte position sur laquelle il était établi, et s'étonna des éléments hétérogènes dont se composait la garnison. Il y avait nombre de faces patibulaires parmi ces soldats de hasard, et la mésaventure arrivée aux bagages de Huétoca, devenus introuvables, prouvait que ce n'était pas là une réunion de saints. Don Luis en convint; mais les circonstances ne lui laissaient pas le choix, et, pour ses projets, la mauvaise graine valait au moins la bonne. Néanmoins la majorité de ses cavaliers étaient d'honnêtes métis ayant à se plaindre d'injustes

violences, et, à la longue, ceux-là forceraient
les autres à la probité.

Le soir venu, des feux s'allumèrent de tous
les côtés, des guitares résonnèrent et des fan-
dangos furent improvisés. Enivrés par leur
triomphe du matin, ne songeant à l'avenir que
pour rêver de prochaines victoires, les nouveaux soldats s'abandonnaient à la gaieté ex-
pansive et néanmoins peu bruyante de leur
caractère. La flamme claire des foyers donnait
un aspect martial à leurs faces bronzées et
mettait une étincelle au fond de chaque pru-
nelle. Les femmes, les épaules et les bras nus,
jouant avec leurs écharpes, marquaient la mesure des airs joués par les guitares en frappant le sol de leurs petits pieds, et le *jarabé*,
cette danse nationale mexicaine, dont l'ana-
logie avec les danses arabes est si manifeste,
faisait entendre ses notes plaintives, mono-
tones, ses couplets au rythme étrange. Au loin,
la lueur des foyers allait teindre de rouge les
masses du feuillage, dorer les aloès séculaires,
ou argenter le canon du fusil d'une vedette,

placée sur une cime. Du reste, les soldats mexicains, aujourd'hui encore, traînent derrière eux un troupeau de mégères aussi intrépides que redoutables, nécessaires pour la confection des galettes de maïs qui tiennent lieu de pain aux créoles aussi bien qu'aux Indiens. Vers neuf heures, le roulement d'un tambour transmit l'ordre d'éteindre les feux. A dater de cet instant, un silence profond régna sur le plateau, silence troublé d'heure en heure par les cris d'alerte des sentinelles, dont la voix plaintive allait réveiller au loin les oiseaux endormis.

Assis sur le seuil de la rustique cabane dressée pour don Luis, Cayétano écouta bientôt avec intérêt le plan de campagne que lui déroula le jeune chef. Sans se dissimuler les difficultés de son entreprise, encore moins les périls auxquels elle l'exposait, don Luis voyait déjà son pays libre. Il se proposait de ne point quitter les sommets inexplorés des montagnes, riches en positions défensives, et de tenir assez longtemps en échec les troupes que l'on enverrait contre lui pour s'attirer les sympathies de ses compatriotes, pour leur démontrer que l'on pouvait résister aux Espagnols. Résolu à n'accepter de combat qu'avec la quasi-certitude de l'emporter, le jeune général espérait, après chaque heureux coup de main, voir accourir à lui de nombreux partisans. Ces volontaires, d'abord inexpérimentés, s'aguerriraient, se disciplineraient à la longue et formeraient le noyau d'une armée nationale qui, peu à peu, apprendrait à vaincre.

La haine vigoureuse qu'il ressentait pour les oppresseurs, don Luis était convaincu qu'elle couvait, ardente et comprimée par la terreur, au fond du cœur de tous ses compatriotes. Son exemple deviendrait l'étincelle qui met le feu à une mine chargée, qui en détermine l'explosion. Si, comme il en était convaincu, son audacieuse révolte trouvait des imitateurs sur dix points différents du Mexique, les troupes royales, obligées de se diviser, seraient vite impuissantes. D'ailleurs l'heure semblait favorable pour tenter de s'affranchir d'un joug odieux, car la métropole, occupée depuis deux ans à se défendre contre les redoutables légions de Napoléon, ne pourrait envoyer de renforts. Il fallait, à son exemple, multiplier ces guérillas qui, aussi promptes à fuir qu'à attaquer, usent en détail les armées organisées. Cette guerre de surprises, d'escarmouches, d'embuscades, à laquelle le Mexique, avec ses montagnes, ses déserts et ses inextricables forêts, se prêtait plus admirablement encore que l'Espagne, paraissait au jeune chef d'un succès certain.

Cayétano, par instants, s'enthousiasmait aux paroles convaincues de son ami ; mais, le plus souvent, il secouait la tête avec tristesse. Il lui semblait bien difficile d'avoir raison, avec l'aide incertaine d'Indiens façonnés depuis des siècles à une obéissance servile, de ces soldats espagnols auxquels le prestige du passé assurait en quelque sorte la victoire. Puis on manquait d'armes, de munitions, et l'heureux coup de main par lequel don Luis venait de s'en procurer était une surprise, une bonne fortune qui ne se représenterait peut-être jamais. D'autre part, grâce à son éducation première, se mettre en lutte ouverte contre le roi, contre les autorités chargées de le représenter, semblait à l'ingénieur l'équivalent du plus épouvantable des crimes pour un Mexicain : le sacrilège. Et pourtant, lui aussi rêvait l'abolition des privilèges, l'affranchissement de sa race et des Indiens, mais par des moyens légaux. Les supplications de don Luis pour le décider à s'associer à ses projets, à prendre le commandement de la petite troupe qu'il avait réunie, ne purent ébranler le jeune ingénieur. Il détestait les Espagnols, s'irritait de leur arrogance, maudissait leurs lois injustes. Toutefois, de là à tirer l'épée contre eux, il y avait un abîme au bord duquel son loyalisme le retenait.

— Le triomphe que tu crois impossible ne le serait plus, répondit don Luis à une objection de son ami, si des hommes tels que toi se plaçaient résolument à la tête d'une insurrection nationale. Nous sommes six millions de natifs sur ce sol qu'une poignée d'étrangers, profitant de notre pusillanimité, nous fait exploiter à son profit. Tu crois à la générosité de nos maîtres ? Nous l'invoquerons en vain. Relis l'histoire. C'est toujours par la force que les opprimés ont conquis leurs droits. Oui, tu as raison sur un point : pendant des mois, des années peut-être, moi et ceux qui viendront partager mes espérances, mes périls, ma fortune, nous passerons pour des ennemis du bien public, pour des traîtres et des bandits. Je ne me le dissimule pas, notre sang rougira plus d'une fois les échafauds ; il n'y aura pas de grâce pour nous. Néanmoins nous triompherons tôt ou tard, car nous sommes la raison, la justice, la liberté.

Le jour commençait à naître lorsque don Luis, cédant aux instances de son ami, le reconduisit jusque sur la grande route. Au moment de se séparer, les deux jeunes gens se tinrent longtemps embrassés. Au fond, Cayétano ne pouvait se défendre d'admirer l'audace et les idées généreuses de son ami, d'applaudir à ses desseins, de former des vœux pour lui.

— Tu seras des nôtres un jour, lui dit Luis avec conviction, car, si je réussis à démontrer deux ou trois fois encore que les Espagnols ne sont pas invincibles, qu'ils ne sont pas les demi-dieux que croyaient nos ancêtres, nombre de nos compatriotes m'imiteront, et les Indiens se soulèveront en masse. Tu vas à Mexico ; tiens-toi sur tes gardes et surveille tes paroles, car nos ennemis vont appeler à leur aide l'Inquisition, rallumer ses bûchers, poursuivre sans merci tous ceux qui lui paraîtront suspects de pactiser avec nous, ne fût-ce qu'en pensée. Mais patience ! s'écria le jeune chef en étendant son bras vers les immenses plaines qui se déroulaient au-dessous de lui, — ou cette terre est maudite, ou notre sang répandu fera naître des hommes qui nous vengeront. Qui sait ? ajouta-t-il en embrassant une dernière fois son ami ; si je succombe, ce sera peut-être ta main qui ramassera mon épée sanglante, qui fera dormir mon corps sur une terre libre.

Cayétano rendit enfin la bride à son cheval, et, suivi de Huétoca, qui regardait souvent en arrière, il descendit la dernière pente de la Cordillère. Une fois dans la plaine, le jeune homme accéléra la marche de sa monture. Les graves événements dont il venait d'être en partie témoin ne pouvaient manquer d'être rapidement connus à Mexico, et il voulait arriver assez vite près de son père et de sa mère pour qu'ils n'eussent pas le temps de s'inquiéter.

Débarrassée du lourd bagage qui la surchargeait la veille et que l'on n'avait pu retrouver, la maigre monture de Huétoca avançait avec assez d'entrain pour se maintenir à une courte distance de son compagnon andalou. Le métis, silencieux, observait son maître et semblait attendre qu'il prît la parole.

— Votre Grâce, dit-il enfin en voyant Cayétano de plus en plus absorbé par ses pensées n'a-t-elle ni ordres ni conseils à me donner? D'ici à Mexico, nous rencontrerons, selon toute probabilité, nombre de piétons, de muletiers et aussi des soldats. Or chacun se fera un devoir de nous interroger sur nos aventures, et je voudrais savoir au juste, afin de ne pas me

mettre en désaccord avec elle, ce que Votre
Grâce compte répondre à ceux qui la question-
neront.

— La vérité, dit Cayétano.

— Alors, reprit Huétoca, je dois nommer don
Luis, expliquer sur quel sommet il est retranché, énumérer le nombre de ses...

— Non, interrompit Cayétano avec vivacité ;
nous ne sommes ni des espions ni des déla-
teurs. Nous avons été arrêtés, retenus prisonniers, puis rendus à la liberté par des hommes
dont nous ignorons le nombre et les intentions.

— Je pensais bien, dit Huétoca, qu'il était
nécessaire d'habiller un peu la vérité. Notre
séjour sur la montagne, bien qu'il ait été forcé,
peut nous attirer plus d'un désagrément.

— Pour quelle cause ?

— Les seigneurs Gachupinès sont d'une curiosité souvent gênante, reprit le métis, et ils
essayeront de nous en faire raconter plus long
qu'il ne nous convient d'en dire. Pour ma part,
je redoute si bien ces interrogatoires, dans lesquels il sera infailliblement question de prison

pour vous, de bastonnade ou peut-être pis encore pour moi, que, si je ne considérais comme
un devoir de ne pas abandonner Votre Grâce
avant son arrivée à Mexico, j'aurais accepté le
grade de caporal que m'ont offert les braves qui
campent là-haut. Je voudrais, ajouta le métis
qui fit claquer sa langue contre son palais,
comme s'il dégustait un mets savoureux, me
donner, ne fût-ce qu'une fois dans ma vie et
dût-il m'en coûter un morceau d'oreille, la satisfaction de rendre aux Espagnols quelques-
uns des coups de plat de sabre dont ils m'ont
injustement gratifié.

— C'est une joie qui pourrait te coûter beaucoup plus cher que le prix dont tu veux la payer,
répondit Cayétano avec tristesse; avant un
mois, j'en ai la crainte, nous apprendrons que
Luis et ceux qui font cause commune avec lui
ont été pendus pour crime de lèse-majesté.

— Les Espagnols, señor, répliqua Huétoca,
ont donc deux cœurs dans la poitrine, pour
qu'un homme aussi brave que vous l'êtes croie
impossible de leur résister?

— Non, Huétoca; les Espagnols n'ont pas
deux cœurs ; mais ils ont la supériorité de
leurs armes, de leur discipline et l'habitude de
vaincre.

— Comme nous avons celle de nous courber
devant eux, répondit le métis. Don Luis a raison ; si nous osions relever la tête, nous compter et nous prêter aide, les rôles changeraient.
Après tout, que l'on soit Espagnol ou Mexicain, on ne peut mourir qu'une fois.

Au lieu de répliquer, Cayétano activa la marche de sa monture, et Huétoca le suivit silencieux. Le trot des chevaux soulevait des nuages
de poussière blanche ; la route était complètement déserte ; l'air, peuplé d'éphémères, de li-
bellules et de papillons, tremblotait comme s'il
eût été liquide, phénomène produit par l'ardeur
du soleil. De loin en loin, des Indiens, occupés
à labourer la terre, suspendaient un instant
leur rude travail pour reprendre haleine. Ils
s'appuyaient avec nonchalance sur le joug dont
le poids courbait le front de leurs bœufs, ou,
assis sur la poutre armée d'une pointe de fer

qui leur servait de charrue, ils regardaient passer les voyageurs avec curiosité. Immobiles, un aiguillon à la main, coiffés du chapeau à bords étroits que les sculpteurs prêtent à Mercure, les pieds chaussés de sandales dont les courroies s'enroulaient autour de leurs jambes nues, ils ressemblaient à ces laboureurs autrefois chantés par Virgile et dont l'image figure sur les bas-reliefs romains. Cette ressemblance frappait Cayétano, comme elle frappe encore aujourd'hui le voyageur lettré, surpris de retrouver un tableau du passé sur un continent nouveau.

Après trois heures d'une marche laborieuse, les deux cavaliers virent venir à eux des Indiens chargés de denrées.

— Est-il vrai, señor maître, demanda le chef de la bande à Cayétano après l'avoir salué avec humilité, que la route de Guanajuato soit fermée ?

— Pas pour vous, mes amis, répondit le jeune homme ; néanmoins, si vous pouvez éviter de traverser le bois de la Cruz, faites-le.

— Qui donc le garde ?

— Des révoltés.

En 1810, c'était là un mot à peu près incompréhensible pour des Indiens. Aussi, après l'avoir traduit à ses compagnons en langue aztèque, celui qui avait pris la parole interrogea de nouveau Cayétano. Ce dernier répondit brièvement et renouvela son conseil. Les Indiens délibérèrent, puis reprirent leur marche, sans demander plus d'explications.

Si la route était interceptée du côté de Guanajuato par les insurgés, elle semblait l'être également du côté de Quérétaro par les Espagnols, car les deux cavaliers cheminèrent jusqu'au soir sans rencontrer âme qui vive. Vers cinq heures, après avoir traversé une vaste plaine sans oiseaux, sans buissons, à l'herbe brûlée par le soleil, à la terre altérée, ils aperçurent au loin, se découpant à la fois sur le ciel bleu et sur un champ de maïs d'un vert-émeraude, une de ces bâtisses aux murs blancs, au toit de tuiles rouges, qui, pourvues d'un puits, servent de halte aux muletiers. L'hôtelier interrogea avidement les voyageurs, qui ne lui apprirent que ce qu'il savait déjà, c'est-à-dire que le convoi de poudre qu'il avait vu passer l'avant-veille, attaqué à l'improviste, était resté aux mains des agresseurs. Pressé de questions sur la qualité de ceux qui occupaient le bois de la Cruz, Cayétano montra une extrême réserve. Mais, durant le souper, il dut, à plusieurs reprises, imposer silence à Huétoca, qui, dans sa joie de la défaite des lanciers, oubliait toute prudence en racontant ce fait inouï.

A quatre heures du matin, les voyageurs se remirent en route et traversèrent de nouvelles solitudes. Lorsque le soleil parut, Huétoca, après avoir en vain essayé de causer avec son maître, qui ne lui répondait que par monosyllabes, entonna gaiement ses cantiques et ses chansons. Il célébra encore les louanges de la belle Laura, et, de même que l'avant-veille, ce nom fit tressaillir et sourire Cayétano.

Certes, dans sa hâte de gagner la capitale, le jeune ingénieur songeait à son père et à sa mère, qui devaient l'attendre fiévreusement ;

4.

mais sa cousine Laura, qui venait de dépasser sa dix-septième année, occupait plus encore son esprit. Laura, orpheline, avait été élevée avec lui. Lors de son départ pour les mines, dix mois auparavant, il commençait à s'émerveiller des transformations, aussi bien morales que physiques, qui s'opéraient presque à vue d'œil chez son ancienne camarade de jeux, restée enfant alors qu'il devenait homme. Laura grandissait et se transformait à son tour; il admirait surpris, l'éclat humide de ses grands yeux noirs, l'harmonie de ses traits fins, la grâce de ses gestes souples, le charme de son sourire. On se retournait pour la voir plus longtemps, lorsqu'il la conduisait à la promenade, et il s'en montrait fier. Mais ce qui le surprenait le plus, c'était peut-être le développement de la raison de la jeune fille, avec laquelle il se plaisait à causer après l'avoir longtemps traitée en enfant.

Accoutumé à vivre près de sa cousine, le jeune ingénieur ne s'aperçut pas d'abord de la place prise dans son âme par celle qu'il croyait

chérir en sœur. Il ne soupçonna la transforma-
tion de ses sentiments que le jour où il lui fallut
partir pour Guanajuato, car il se sentait malheureux. Il s'éloigna désolé, emportant dans
son cœur l'image de la petite créole, presque
subitement métamorphosée en jolie femme, et
s'avoua enfin qu'il l'aimait d'amour. Il regretta
avec amertume de ne pas le lui avoir dit, et vécut avec son souvenir à la fois délicieux et cruel.
Sûr de la chérir, il se demandait avec inquiétude si elle le payerait de retour. Se rappelant la
prédilection qui l'attirait sans cesse vers lui, ce
dernier point fut bientôt hors de question pour
l'ingénieur. Enfin il allait la revoir, encore em-
bellie sans doute, et lui apprendre combien elle
était aimée. Cet aveu, il ne l'envisageait pas
sans terreur; elle lui semblait devenue si imposante, cette petite Laura! Il comblerait de joie
son père et sa mère en les instruisant d'abord
de ses sentiments; puis, son aveu fait, il ne
voyait pas un seul obstacle à la réalisation des
rêves qui l'avaient soutenu et consolé dans
son exil, et il se préparait à être heureux.

Ces doux projets d'avenir, qu'il considérait
déjà comme réalisés, occupaient l'esprit du
jeune voyageur et rendaient moins fatigante la
route monotone qu'il suivait. Néanmoins sa
pensée le ramenait fréquemment aussi vers
don Luis. Élevé entre son père, qui avait péniblement conquis, en combattant les Apaches,
le plus haut grade auquel un créole pût parvenir, celui de capitaine, et sa mère, catholique
fervente, Cayétano avait toujours entendu van-
ter sans restriction l'ordre politique qui régnait
au Mexique et l'avait considéré comme parfait.
Une fois élève de l'École des mines, sa raison
s'était mainte fois révoltée devant la condition
subalterne à laquelle sa qualité de créole le condamnait. Il n'avait jamais songé à contredire,
à combattre les idées des chers êtres qu'il adorait, lorsqu'ils parlaient, avec une effusion tou-
chante à force de naïveté, de la bonté de ce roi
qui n'avait jamais mis le pied dans ses États
d'outre-mer, qui gouvernait, omnipotent et terrible, du fond d'un palais lointain.

Cette soumission aveugle à un ordre social

qui leur faisait une situation toute secondaire, et dont ils se montraient les partisans plus dévoués que les Espagnols eux-mêmes, semblerait inexplicable chez des gens braves, sensés, généreux comme l'étaient les créoles, si l'on ne songeait qu'au Mexique tout savoir venait alors des prêtres. Pour un Mexicain, ignorant l'histoire du passé, qui vivait, en outre, isolé du reste du monde, auquel, par conséquent, tout point de comparaison manquait, ce qui existait était l'œuvre de Dieu et ne pouvait ni ne devait se discuter. Néanmoins, sans son père, sans sa mère, surtout sans Laura, Cayétano, qui adorait son pays et savait l'histoire, eût peut-être été moins sourd aux appels faits à son patriotisme par don Luis ; peut-être, imposant silence aux préjugés de son enfance, eût-il accepté le commandement que son ami lui avait offert avec une si noble abnégation.

Tout à coup, au sortir d'un bouquet d'arbres qui leur avait un instant caché l'horizon, les voyageurs aperçurent au loin un nuage de poussière. Huétoca se rapprocha de son maître.

— Des soldats, dit-il. Si Votre Grâce veut
bien de nouveau suivre mon avis, nous nous
écarterons de la route pour laisser passer les
seigneurs Gachupinès qui, s'ils connaissent
l'aventure du bois de la Cruz, doivent être de
très mauvaise humeur.

— Nous sommes de paisibles citoyens, répondit Cayétano, et nous n'avons rien à redouter des troupes du roi. D'ailleurs plus d'un des
officiers que nous allons rencontrer est probablement des amis de mon père, et mon nom,
mon emploi nous mettent à l'abri de toute violence.

— Je n'ai pas la prétention d'être plus sage
que Votre Grâce, reprit Huétoca avec résignation ; mais Dieu veuille qu'elle n'ait pas à se
repentir de sa confiance.

Une avant-garde d'une vingtaine de dragons, sabre au poing, défila devant les voyageurs, qui s'étaient hâtés de se ranger sur un
des bas côtés de la route. Les dragons ayant
passé sans s'arrêter, Cayétano et son serviteur
reprirent leur marche, pour se ranger de nou-

veau à l'approche d'un colonel, escorté de plusieurs officiers. Ce chef, qui devait commander la petite troupe, arrêta son cheval et fit signe à Cayétano d'approcher.

— D'où venez-vous ? lui demanda-t-il.

— De Guanajuato, señor, répondit l'ingénieur.

— Depuis quand avez-vous quitté la ville ?

— Depuis avant-hier.

— Vous avez traversé le bois de la Cruz ?

— Oui.

— Vous avez vu les bandits ?

— J'ai vu des hommes armés.

— Combien sont-ils ?

— Je l'ignore.

— Ils vous ont laissé passer librement ?

— Oui.

— Sont-ce des mineurs en révolte ?

— Il y a, parmi eux, des gens de toutes les conditions.

— Que veulent-ils ?

— Ils crient : « Vive la liberté ! »

Le colonel demeura un instant pensif.

— Où allez-vous ? demanda-t-il soudain.

— A Mexico.

— Qui êtes-vous ?

— Cayétano Victoria, ingénieur du roi.

Le colonel salua, poussa son cheval, et Cayétano vit défiler environ trois cents cavaliers, suivis à une courte distance d'un bataillon de soldats à pied. A la tête de ces derniers marchait un commandant dont la monture boitait. L'officier eut à peine aperçu Cayétano qu'il fit halte et donna quelques ordres. Une douzaine de fantassins, se détachant des rangs, entourèrent à l'improviste Cayétano.

— Pied à terre, lui dit un sergent.

— Que voulez-vous de moi ? demanda l'ingénieur, qui fit caracoler son cheval pour forcer ceux qui le cernaient à reculer.

— Pied à terre, répète un capitaine qui accourait : nous raisonnerons demain.

Cayétano n'obéit pas : mais, brusquement saisi par les jambes, menacé par des baïonnettes, il fut désarçonné et jeté sur le sol. Il se releva, tenta de ressaisir la bride de sa mon-

ture, et fut frappé de deux coups de crosse.
Pendant ce temps, l'andalou qu'il affection-
nait, dépouillé de sa selle, recevait le harnache-
ment du cheval de l'officier supérieur, qui surveillait lui-même cette brutale spoliation. Cayétano, maintenu par quatre soldats, essayait de
parler, de protester, nommait son père et dé-
clinait sa qualité d'ingénieur du roi. Comme
on n'écoutait pas ses plaintes, il se tut. Il vit
l'Espagnol se mettre en selle et s'éloigner.
Les soldats lâchèrent aussitôt leur prisonnier
pour reprendre leur rang. La colère suffoquait Cayétano. Il suivit d'un regard sombre
ceux qui venaient de le traiter d'une façon si
indigne ; puis son attention fut ramenée vers
Huétoca qui, tout en maugréant, s'occupait
d'ajuster l'équipement de l'andalou au cheval
boiteux abandonné sur la route.

— Votre Grâce, dit enfin le métis qui, sa
besogne terminée, se rapprocha de son maître,
n'a par bonheur aucun membre cassé, car je
l'ai vue marcher et remuer les bras. Qu'elle
prenne mon cheval ; moi, je vais enfourcher le

pauvre animal que voilà. Il est de race et me conduira, je l'espère, jusqu'au prochain village.

— Sur mon salut, dit Cayétano les dents serrées, si cette bête pouvait courir, nous assisterions à la bataille de demain.

Un éclair brilla dans les yeux de Huétoca.

— Qu'à cela ne tienne, señor, répondit-il avec vivacité ; ce n'est pas pour rien que j'ai du sang indien dans les veines, ainsi que me l'ont souvent reproché les Gachupinès ; aussi mes pieds savent-ils me porter. Gagnons les montagnes, et alors même que je devrais vous suivre à genoux, l'envie dont je suis possédé de rompre la tête d'un Espagnol me fera arriver au camp de don Luis en même temps que vous.

Cayétano ne répondit pas ; il se tourna vers les soldats, dont un nuage de poussière signalait la marche, puis se mit en selle. Son serviteur l'imita, prêt à faire galoper sa boiteuse monture jusqu'à ce qu'elle fût dans l'impossibilité de marcher. Mais quelle ne fut pas la déception du métis lorsqu'il vit son maître tourner bride et reprendre la route de Mexico.

— Les imbéciles n'ont pas frappé assez fort, murmura-t-il, tandis qu'il menaçait du poing les Espagnols.

Et il éperonna le cheval blessé qui, le regard triste, avança péniblement.

IV

L'indignation, la colère qui agitaient l'âme de Cayétano furent lentes à s'apaiser. De temps à autre, le souvenir de l'acte brutal dont il venait d'être victime faisait affluer le sang à son visage ; il arrêtait alors sa monture, se tournait vers les montagnes et semblait prêt à rétrograder. Dans ces occasions, Huétoca épiait avec anxiété les allures de son maître. Mais bientôt l'ingénieur faisait volte-face, cinglait l'air de sa cravache, et, comme si le mouvement calmait son irritation, il forçait son cheval à galoper. Le métis, désappointé, forcé de rester en arrière, répétait alors avec dépit :

— Les imbéciles n'ont pas frappé assez fort.

Vers le milieu du jour, les voyageurs passèrent près d'une ferme. Là, moyennant le prix d'un bon cheval, Huétoca put troquer sa bête

boiteuse contre une haridelle qui, à défaut
d'autres qualités, se tenait d'aplomb sur ses
jambes. Trois jours plus tard, après avoir
passé deux nuits à la belle étoile, puis fait un
détour pour ne pas traverser Quérétaro, afin
d'éviter le contact des soldats espagnols, dont
la seule vue l'irritait, l'ingénieur atteignait
Azcapotzalco, célèbre par les arbres immenses
poussés, dit-on, sur la tombe des anciens em-
pereurs aztèques. Un peu plus loin il découvrait
la colline de Santa-Marta, rocher à pic dans
lequel des Indiens se sont creusé des habitations, et qui, pareille à une tour informe,
domine la ville et même la vallée de Mexico.

A mesure qu'ils avançaient, la route blanche,
poussiéreuse, noyée de soleil, qu'ils suivaient,
se montrait aux voyageurs encombrée d'Indiens, uniques pourvoyeurs des marchés mexicains. De temps à autre ils croisaient ou dépassaient de longs convois de mules, transpor-
tant des objets manufacturés vers les villes
de l'intérieur, ou emportant des matières
premières destinées à l'Europe : or, argent,

cuivre, plomb, cochenille, indigo ou suif. Les
graves événements qui venaient d'ensanglanter
le bois de la Cruz semblaient ignorés de tous
ces passants, car aucun d'eux ne prenait
garde aux voyageurs, qui cheminèrent plus
d'une heure avant de voir se rapprocher les
campaniles dont la silhouette gracieuse se dé-
coupait à l'horizon. Enfin, du sommet d'un
léger renflement du sol, ils dominèrent un
instant la capitale du Mexique, puis pénétrèrent entre les jardins dont elle est entourée.

En 1810, alors que les grandes cités des
États-Unis commençaient à peine à naître,
Mexico, l'ancienne Tenochtitlan des Aztèques,
portait avec raison le titre de reine des cités
américaines. Située sur un des bords à demi
desséchés du lac de Tezcuco, au centre d'une
vallée fertile, sous un ciel d'un azur clair
presque constamment pur, la capitale du
royaume de la Nouvelle-Espagne, par la somp-
tuosité de ses monuments civils ou religieux,
par ses maisons à terrasses, aux vastes cours
mauresques, par ses rues larges, droites, bor-

dées de trottoirs, par son luxe où l'argent mas-
sif remplaçait le fer et la porcelaine dans tous
les objets d'usage domestique, et encore par
la variété de sa végétation et du costume pittoresque de ses habitants, frappait vivement
l'imagination des rares étrangers admis à la
visiter. Mais notre époque unifie hommes et
choses. Aussi, depuis cinquante ans, le contact des Européens a-t-il beaucoup modifié les
mœurs et l'aspect de l'ancienne Venise améri-
caine ; sans avoir perdu toute originalité, elle
se modèle de plus en plus sur les villes du
vieux monde, particulièrement sur Paris, dont
elle suit les modes, les usages, et parfois les
erreurs.

Heureux de se sentir si près de la demeure
dans laquelle il était né, qu'habitaient son
père, sa mère, surtout celle qu'il souhaitait
tant revoir, Cayétano oublia enfin sa récente
mésaventure pour ne songer qu'au présent, et son cœur battit joyeux. Il hâta de la
cravache et de l'éperon l'allure fatiguée de
son cheval, auquel il eût voulu communiquer

son impatience. Le crépuscule s'annonçait lorsqu'il pénétra dans les faubourgs, et il dut s'arrêter devant un poste de soldats pour déclarer d'où il venait, où il allait, et décliner son nom. A sa grande surprise, l'officier de garde prit note de ses réponses sans lui adresser la moindre question. Ces formalités remplies, Cayétano fut tenté de s'élancer au galop dans les rues de la ville. Une pareille entrée, contraire à la gravité castillane, eût ameuté les piétons et attiré à leurs fenêtres les habitants de la pacifique capitale. Ce fut donc au petit trot que l'ingénieur se dirigea vers la cathédrale, pour mettre pied à terre devant une belle demeure de la rue de Tacuba.

Cayétano sauta à bas de sa monture, l'abandonna à Huétoca, et s'avança sous la porte cochère dont un des battants était entr'ouvert. Il retint une vieille servante qui, l'ayant reconnu, allait crier son nom, et pénétra sous un corridor mauresque encombré de fleurs. Parvenu devant la porte du salon, il s'arrêta. Son père, cloué sur un fauteuil par ses anciennes blessures, et qui ne pouvait marcher qu'avec l'aide d'un bras étranger, lisait une gazette. D'un bond, Cayétano fut aux pieds du vétéran, qui l'attira sur sa poitrine.

Le capitaine Victoria, à peine âgé de cinquante-neuf ans, était, au moral aussi bien qu'au physique, le type de ces vieux créoles qui, droits, rigides, vaillants, fidèles à leur double origine, joignaient à la fierté castillane la douceur proverbiale des Aztèques. Vêtu d'une culotte de velours bleu, d'une chemise finement brodée, d'une veste de mérinos sur les épaules de laquelle étaient cousus deux galons d'or, insignes de son grade, on retrouvait dans ses traits, ombragés d'une épaisse couronne de cheveux gris, la régularité de ceux de son fils.

— Où est ma mère? où est Laura? lui demanda l'ingénieur lorsqu'il le vit un peu remis de l'émotion qu'il venait d'éprouver.

— Elles sont à l'église, répondit le capitaine; elles sont allées prier pour toi. Depuis deux jours, nous vivons dans de cruelles angoisses;

5.

on parle ici d'une révolte des mineurs de Guanajuato, et nous redoutions...

Le capitaine n'eut pas le temps d'achever sa
phrase ; sa femme, doña Maria, comme on
l'appelait, venait de se jeter dans les bras de
Cayétano, suffoquée par le bonheur. Une svelte
jeune fille, la tête et le buste enveloppés
dans une écharpe de soie, se tint d'abord en
arrière. Elle laissa machinalement retomber
son voile, et, selon la coutume des dames
mexicaines dans leur intérieur, coutume justi-
fiée par les ardeurs du climat de leur pays, elle
apparut les épaules et les bras nus. C'était une
beauté créole parfaite que la cousine de Cayétano, et rien de plus gracieux que de la voir, la
tête inclinée, les yeux humides, bien que souriante, regarder avec tendresse la mère et le fils.

— Tu m'oublies, dit-elle enfin d'une voix
harmonieuse, en frappant du bout de son éven-
tail le bras de Cayétano.

Le jeune homme tressaillit et se rapprocha
aussitôt d'elle.

— Non, non, dit-il en s'emparant pour les

baiser des deux mignonnes mains de sa belle cousine; tu es de celles, Laura, que l'on ne saurait oublier.

Les deux petites mains qu'il tenait, le jeune homme les appuya sur son cœur, sans cesser de regarder leur maîtresse avec passion.

— Oh! s'écria-t-il, que tu es belle, Laura.

— Viens t'asseoir ici, dit doña Maria en prenant place près de son mari, et parle-nous de ton voyage. Ton père ne t'attendait que demain; moi, je savais que tu éperonnais ton cheval afin de nous embrasser plus tôt.

— Et vous ne vous trompiez pas, chère mère; mais quelle étape interminable que la dernière, et combien de fois, depuis cinq jours, j'ai maudit la nuit lorsqu'elle me forçait à m'arrêter! Je songeais à toi, Laura, qui te déclarais tout à l'heure oubliée; et à chacun des pas qui me rapprochaient de cette chère demeure, mon cœur battait plus vite.

— Occupez-vous de le faire souper, dit le capitaine, il doit avoir faim.

— Reste, s'écria Cayétano en voyant sa cousine se disposer à s'éloigner pour donner des ordres ; ce que je veux, ce dont j'ai faim, c'est de vous voir là, près de moi, dans ce grand salon où j'ai marché mes premiers pas, qui me rappelle tant d'heureux souvenirs. Comme je respire avec délices, et qu'il est dans la vie des jours fortunés ! Mon stage est enfin terminé, et me voilà ingénieur royal ; mais, par mon saint patron, je ne retournerai aux mines que si vous consentez tous à venir habiter près de moi.

— Nous ne voulons plus, de notre côté, de ces séparations cruelles, répondit le capitaine ; elles font pleurer ta mère et attristent Laura. Pour ma part, je deviens vieux, et j'ai besoin de te sentir à mon côté.

Doña Maria s'était assise près de son mari ; Cayétano, établi à leurs pieds, tenait entre les siennes les mains de ces deux chers êtres. Laura, debout, s'appuyait sur le dossier du fauteuil de sa tante, et, en raison de son costume si simple, apparaissait dans toute la grâce de sa splendide beauté.

De taille moyenne, admirablement propor-
tionnée, la jeune fille avait le visage ovale, de
grands yeux noirs au regard d'une douceur in-
finie, grâce à ses longs cils qui en tempéraient
l'éclat. Sa bouche fine, garnie de dents na-
crées, semblait toujours sourire. Son épaisse
chevelure, qui descendait jusqu'à ses talons
lorsqu'elle la laissait libre, s'enroulait en ce
moment autour de sa tête comme une couronne, fixée par un peigne d'or enrichi d'é-
normes perles. Son cou, ses bras, ses épaules
avaient les lignes harmonieuses des belles
statues, et ses pieds, ses mains, par leur peti-
tesse, étaient dignes de la race à laquelle elle
appartenait. D'une vivacité d'oiseau, elle possédait néanmoins, dans les gestes et la démarche, cette grâce moelleuse, séduisante,
irrésistible, qu'ont encore aujourd'hui les
femmes de son pays. A Mexico, renommée
pour la beauté achevée de ses patriciennes, la
créole occupait le premier rang. Mais son
esprit, son caractère énergique, surtout le savoir qu'elle devait à son oncle et à son cousin,

la séparaient des jeunes filles de son âge, éle-
vées, selon la coutume espagnole, dans une
ignorance calculée.

— Comme te voilà belle! lui dit de nouveau
Cayétano qui ne cessait de la contempler;
mais je te trouve, cousine, plus sérieuse qu'autrefois.

— C'est que l'âge amène la raison, répondit
Laura avec une gravité feinte; ne suis-je pas
à la veille d'atteindre ma dix-huitième année?

— Raconte-nous ton voyage, s'écria doña
Maria, ramenant vers elle l'attention de son
fils; sais-tu que nous étions inquiets? On parle
ici de bandits qui ont osé attaquer un convoi de
poudre et tirer sur les soldats du roi.

— Ce ne sont pas des bandits, ma mère, se
hâta de répondre Cayétano; ce sont des révoltés dont je suis resté le prisonnier durant
une nuit.

— Ils ne t'ont pas maltraité, au moins?

— Bien au contraire, ils m'ont offert de me
mettre à leur tête.

— Ces brigands ont eu l'audace de te faire

une pareille proposition! s'écria le capitaine, que l'indignation souleva de son fauteuil.

— Ce ne sont pas des brigands, je vous l'assure, mon père, répondit Cayétano qui obligea doucement le vieux soldat à se rasseoir ; ce sont des créoles, des métis et même des Indiens qui, las de porter le joug par lequel ils sont écrasés, veulent obliger le roi d'Espagne à leur accorder enfin des droits politiques.

— C'est cela ; des rebelles, des traîtres, des larrons qui nous donnent un échantillon de leur patriotisme et de leur probité en dévalisant les caravanes.

— Il leur faut des munitions et des armes, répondit Cayétano.

— Pour combattre leur patrie?

— Non, répliqua l'ingénieur, pour en conquérir une.

— Il suffira, dit le capitaine avec dédain, d'un bataillon pour ramener ces mécontents à la raison.

— Ne le croyez pas, mon père. Ils m'ont

expliqué leurs désirs, leurs projets, et la justice est de leur côté.

— La justice! s'écria le vétéran. Voilà du nouveau! Trêve de folies, ajouta-t-il d'une voix brève; le roi d'Espagne est notre légitime souverain, et, quels que soient leurs desseins, ceux qui méconnaissent ou discutent son pouvoir sont des criminels dignes des pires châtiments.

— Allons, allons, dit doña Maria en pressant la main de son fils qui se disposait à répliquer, la reconnaissance dicte à Cayétano ses paroles indulgentes; je l'approuve et le comprends. En somme, ces révoltés nous le renvoient sain et sauf: aussi, pour ma part, suis-je toute prête à leur pardonner leur aveuglement.

Cayétano demeura pensif; bientôt pressé par sa mère de nouvelles interrogations sur les incidents de son voyage, ce fut avec une sourde colère, trahie par l'altération de sa voix, qu'il raconta de quelle indigne façon il avait été dépossédé de son cheval.

— Je me suis lâchement conduit, dit-il, les

dents serrées, en terminant son récit ; et je
m'en veux. J'aurais dû faire usage de mes
armes, tuer le misérable qui, abusant de la force
matérielle dont il disposait, m'a volé et traité
comme si j'étais un Indien.

— Te battre contre un régiment, te faire
massacrer ! s'écria doña Maria qui l'entoura de
ses bras. On ne peut rien contre la force, mon
enfant, tu l'oublies.

— La guerre, dit le capitaine avec embarras,
a des nécessités cruelles que ne comprennent
jamais les citoyens. Cet officier marche à l'ennemi, il avait besoin d'un cheval pour ne pas
rester en arrière, et il n'a vu que le service du
roi. Or tout, jusqu'à nos existences, n'est-il
pas le bien de Sa Majesté ? Du reste, c'est aux
insurgés qu'il faut t'en prendre de ta mésaventure ; elle est une conséquence des méfaits de
ces bandits.

Un nouveau dissentiment menaçait d'éclater
entre le père et le fils, lorsque doña Maria in-
tervint encore avec habileté. Elle insista pour
que Cayétano passât dans sa chambre afin de

secouer la poussière qui souillait ses vêtements.

— Embrasse-moi, dit avec bonne humeur le
capitaine à son fils lorsqu'il se leva; ton indignation, assez naturelle au fond, m'explique
tes paroles amères. Nous causerons demain
de ces violences, dont il ne faut pas rendre le
roi responsable, car il les blâmerait s'il les
connaissait.

Puis, ayant compris les intentions de sa
femme, il la regarda s'éloigner avec une tendresse mêlée d'admiration.

— Ah! petite, quelle épouse et quelle mère!
s'écria-t-il en se tournant vers sa nièce aussitôt
que doña Maria et Cayétano eurent disparu; si
tu réussis à lui ressembler, don Rodriguez sera
un homme heureux.

— Je ne connais qu'un cœur qui vaille celui
de ma tante, répondit la jeune fille qui prenait
la place que venait d'abandonner son cousin :
le vôtre.

— Par le roi d'Espagne, voilà une flatterie
que je serais fier de justifier. Ma chère femme!

tu connais sa douceur, son inépuisable bonté ;
eh bien, son courage est peut-être plus grand
encore.

— Je n'ignore pas, répondit Laura, que sur
la simple rumeur que vous étiez blessé, ma
tante entreprit autrefois le voyage de la fron-
tière.

— La rumeur était une cruelle vérité, petite,
et, si tu sais à peu près cette histoire, moi je
ne me lasse pas de la raconter. Il y a vingt-
cinq ans de cela, continua le vétéran qui se
renversa dans son fauteuil ; Cayétano était au
berceau, et je commandais un poste sur les
bords du fleuve Rouge. Un soir, au retour
d'une reconnaissance, je fus enveloppé avec
mon escorte par une centaine d'Apaches. Nous
étions huit ; il fallait défendre nos chevelures,
et nous fîmes bonne contenance. Par le roi !
j'entends encore les cris de triomphe de ces
démons entre lesquels je m'ouvrais passage,
lorsque mon cheval s'abattit, en même temps
qu'une balle m'entrait dans la poitrine. Je vis
rouge, les oreilles me tintèrent, puis plus

rien. Je ne revins à moi qu'au bout de vingt-
quatre heures ; mes soldats m'avaient arraché
aux couteaux des Apaches, et je gisais sur une
natte, au fond du fortin qui nous servait d'abri.
Je passai là de longs jours, sans prêtre, sans
médecin, sentant ma vie s'éteindre, songeant
avec désespoir à ma pauvre femme qui, là-
bas, bien loin, berçait son enfant sans se
douter qu'elle serait bientôt veuve. Mes regards
se perdaient sur l'immensité de la savane où
mes soldats, me croyant perdu, s'apprêtaient
à creuser ma tombe. Je pleurais parfois... Oui,
petite, il y a des instants où les hommes pleu-
rent. Une nuit, je me crus de nouveau en proie
à la fièvre, au délire ; il me semblait entendre
résonner des coups de feu, retentir les cris de
mort des sauvages. Tout à coup on m'appelle.
Une femme paraît, se jette sur ma natte. — Je
ne rêvais pas, je n'avais pas le délire : celle
qui m'avait appelé, qui me pressait dans ses
bras, qui m'amenait du renfort, qui venait de
traverser une bande d'Apaches pour me rejoindre, c'était ta tante. Sans son courage, sans

ses soins, je dormirais depuis longtemps là-bas, parmi les hautes herbes, en dépit de la Vierge et du roi d'Espagne.

Le capitaine, ému lui-même de son récit, se couvrit le visage de ses mains.

— Ceux qui connaissent la mansuétude de ma tante, dit Laura, sont toujours émerveillés de l'héroïsme dont elle a fait preuve en cette occasion.

— Baste ! vous êtes toutes ainsi, vous autres femmes, reprit le capitaine ; vous affectez la faiblesse ; mais qu'un danger menace un de ceux que vous aimez, et vous devenez de véritables héros.

— Pas toutes, répliqua Laura ; pour ma part, je déclare avoir assez peur des Apaches pour ne pas même oser m'approcher de ceux que nos soldats ramènent parfois prisonniers.

— Allons donc ! tu ne te connais pas ; à l'occasion, j'en suis sûr, tu serais brave.

— Non ; par la Vierge et le roi d'Espagne ! répondit Laura.

Le capitaine se mit à rire.

— Il t'appartient bien de te moquer de mon dicton favori, dit-il en lissant les cheveux de la jeune fille, à toi qui vas épouser un Espagnol. A propos, le colonel Rodriguez ne vient donc pas souper avec nous ce soir?

— Vous oubliez, mon oncle, qu'il est aujourd'hui de service près du vice-roi.

— Comme Cayétano va être fier et heureux, reprit le vieux soldat avec satisfaction, en apprenant que sa sœur adoptive est à la veille de devenir la femme d'un hidalgo.

— Chut! dit Laura qui posa un doigt sur ses lèvres; il est convenu avec ma tante que nous ne lui annoncerons cette grosse nouvelle que demain, en le présentant au colonel.

— Tu es heureuse?

— Oui.

— Et tu as motif de l'être. Femme d'un Espagnol!

— Ce n'est pas la nationalité de don Rodriguez qui me fait accepter sa main, s'empressa de répondre la créole.

— Certes; seulement, à ton insu, elle a dû

peser sur ta détermination. Je ne t'en blâme pas; c'est un honneur que Dieu n'accorde pas à tous, de les faire naître sur la terre du Cid. Mais pourquoi ta réserve avec Cayétano ?

— Un désir de ma tante.

— Oui; elle a souvent rêvé que tu pourrais devenir sa fille pour de bon; elle s'est imaginé que son fils t'aime et elle se montre moins enthousiaste que moi de ce mariage. A ta place, j'aurais écrit à Cayétano.

— Vous oubliez, mon oncle, qu'il y a huit jours à peine que le colonel a demandé ma main, et que mon cousin n'aurait pas reçu ma lettre.

— C'est vrai.

En ce moment, Cayétano et sa mère reparurent. On passa dans la salle à manger, et, durant le repas aussi bien que dans la soirée, il ne fut guère question que du passé, que Cayétano évoquait sans cesse. Ses regards ne se détachaient pas de sa cousine, dont il admirait tout haut la beauté, ce qui la faisait rougir et inquiétait visiblement doña Maria. Vers dix

heures, le capitaine donna le signal du repos.
Établi près de Laura, Cayétano eût volontiers
prolongé la veillée. Il dut se rendre aux instances de sa mère et se retirer, pour s'en-
dormir en songeant à la belle jeune fille qu'il
venait de revoir et qui, il n'en doutait pas,
serait bientôt à lui.

V

Il était près de neuf heures lorsque Cayétano
se réveilla. Grâce à la fatigue résultant de son
voyage, il avait pu, en dépit des douces pensées qui le préoccupaient, dormir profondé-
ment. Lorsqu'en ouvrant les yeux le jeune
homme se vit dans la chambre qu'il avait si
longtemps habitée, entouré d'objets familiers,
et qu'il songea que son père, sa mère et sa
cousine étaient sous le même toit que lui, il
poussa une exclamation joyeuse. Aussitôt debout, il courut à sa fenêtre qui donnait sur un
jardin où plus d'un arbre avait été planté par
ses mains. Tout à coup, près d'une immense
volière où des moineaux bleus, des cardinaux
au plumage de pourpre, des colibris aux reflets
d'or et de rubis pouvaient se croire en liberté,
l'ingénieur aperçut Laura.

Drapée dans une écharpe de soie qui encadrait son fin visage à la façon des madones italiennes, la créole se promenait, glanant avec distraction les fleurs qui se trouvaient sur sa route. Elle se tournait fréquemment vers la fenêtre de Cayétano, comme si elle épiait son réveil. Cette visible préoccupation de sa cousine acheva d'égayer l'ingénieur; Laura pensait donc à lui! Il fut vite vêtu, arriva à l'improviste près d'elle et lui saisit les mains. Alors, tout ému, il la contempla avec amour. La jeune fille, embarrassée par ce regard prolongé, essaya de se dégager, et ses paupières, aux longs cils recourbés, s'abaissèrent peu à peu.

— Laisse-moi t'admirer à mon aise, lui dit Cayétano d'un ton suppliant; laisse-moi te comparer à l'image séduisante que m'ont si souvent présentée mes rêves et que dépasse encore la réalité. Lors de mon départ pour Guanajuato, je te trouvais charmante, et j'étais fier de te servir de cavalier, de voir chacun se retourner sur ton passage. Tu étais belle, et te voilà par-

faite. Comme un sculpteur qui, d'un dernier
coup de ciseau, embellit encore la statue qui
semblait achevée la veille, ta dix-huitième année a mis la dernière main à ta beauté. Tu es
toujours Laura ; mais ta démarche a maintenant
des grâces, ta bouche des sourires, tes regards
des éclairs qui feraient se damner pour toi.

— Allons, dit avec gaieté la jeune fille, l'absence ne t'a pas changé, et je vois que tu es toujours poète.

— Poète, non, répliqua Cayétano ; les poètes
exagèrent ou mentent, et moi je dis la vérité.
Si je te répétais tout haut ce que murmure la
voix qui chante dans mon âme, cousine, tu
rougirais plus encore que tu le fais en cet instant. Que tu es belle, Laura, que tu es imposante ! Je meurs d'envie de t'embrasser, et
je n'ose t'en demander la permission.

— Ose, et ne meurs pas, dit la jeune fille qui,
inclinant la tête, tendit gracieusement sa joue.

Cayétano s'attarda si bien dans ce baiser
fraternel, que Laura, confuse, retira brusquement ses mains de celles de son cousin et

recula. Comme il la regardait, surpris de son action, elle s'empara de son bras et voulut l'emmener vers l'habitation. Il résista, et la conduisit sous l'ombre d'une allée de sycomores.

— Viens causer un peu, dit-il, car hier, devant mon père et ma mère, je n'ai guère pu que te regarder. Qu'elle m'a paru longue, continua-t-il de cette voix caressante que prennent les amoureux, cette année qu'il m'a fallu passer loin d'ici, et comme les heures, qui d'ordinaire ont des ailes, se traînent douloureuses lorsque le cœur n'est pas satisfait ! O Laura, as-tu partagé ma peine et songé parfois à l'absent ?

— A tous les instants du jour, cousin ; avec mon oncle et ma tante, nous ne savions guère parler que de toi.

— Moi, reprit Cayétano rayonnant, j'ai compté, seconde par seconde, les longs mois de cet interminable exil. Je songeais au passé, surtout à l'avenir, pour mieux oublier le présent. Dans le passé, Laura, je te revoyais toute petite, avec les habits de deuil que tu portais lorsque ma mère t'amena près de nous. «Voilà ta sœur, me dit-elle, elle est orpheline, il faut l'aimer. » Tu pleurais, tu voulais retourner dans ta maison, tu ne comprenais rien à la mort. Je pris ta main, et, pour te consoler, je te conduisis dans la chambre où je gardais mes jouets. Tu t'emparas de celui que je préférais, un sourire illumina ton visage, et j'eus le courage de te laisser faire. Une année plus tard, nous étions inséparables. Jamais de disputes entre nous ; tu commandais et j'obéissais, moi que mon père et ma mère accusaient souvent d'être rebelle.

— Aussi fus-je bientôt chargée du soin de te faire apprendre tes leçons, dit la jeune fille, ce qui me rendit toute fière. L'élève était docile, j'en conviens, mais le professeur se montrait indulgent.

— Oh ! Laura, reprit l'ingénieur qui pressa plus fort le bras posé sur le sien, quel charme a donc pour le cœur le souvenir des jours écoulés, que notre pensée nous y ramène

sans cesse ? Te souviens-tu, les jours de promenade, de nos courses dans les prairies, des
rochers que nous escaladions, de l'eau des
sources bue dans les coupes de feuilles que
j'improvisais, des fruits âpres que tu croquais
à belles dents, en cachette, de nos bouquets
rustiques, si vite fanés, et dont je sens encore
le parfum ? Nous avons grandi côte à côte,
heureux.

— Oui, répondit la créole, jusqu'au jour où
tu devins élève de l'École des mines, et où
l'idée d'être séparés nous fit tant pleurer. Mais
aux vacances, quelle joie de nous retrouver !

— Toi, de plus en plus sérieuse, belle.

— Et toi, rêvant de chevaux, de batailles, et
de plus en plus inconstant.

— Excepté, Laura, dans mon culte pour
toi.

Emportés par leurs souvenirs vers un passé
encore si près d'eux, les jeunes gens se promenèrent silencieux.

— Nous venons de parler des jours qui ne
sont plus, reprit enfin Cayétano ; ne veux-tu

pas, Laura, que nous causions un peu de l'avenir ?

— L'avenir, pour toi, répondit la créole, c'est une compagne digne de toi, et qui deviendra ma sœur.

— Oui, répliqua Cayétano, tu as raison ; une compagne douce, bonne, belle... comme toi.

— Comme moi, répéta la jeune fille, inquiète du ton de son cousin et troublée de nouveau par son regard.

— Voudrais-tu donc, Laura, reprit l'ingénieur avec passion, que je fusse le seul à ne pas t'admirer ? Ta beauté suffit pour séduire ceux qui te voient pour la première fois ; mais moi qui connais si bien ton âme, qui sais ce qu'elle renferme de tendresse, de dévouement, de noblesse...

— Écoute, s'écria Laura craintive, ma tante m'appelle.

— Tu te trompes, répondit Cayétano.

Et, comme sa compagne essayait de se dégager de son bras, il l'enlaça et reprit :

— Reste, je t'en conjure ; laisse-moi, après

une si longue absence, m'enivrer du charme
d'être près de toi. Avant mon départ, tu com-
mençais à te transformer, tes regards me troublaient, ta voix me faisait tressaillir. Sans comprendre la cause de mon humeur, je m'irritais
de voir d'autres que moi te regarder. Ce départ, si cruel, je le bénis maintenant que me
voilà de retour ; l'absence m'a ouvert les yeux,
et j'ai enfin vu clair dans mes sentiments.

— On vient, dit Laura palpitante.

— Qu'importe ! répliqua le jeune homme avec
véhémence ; laisse-moi te parler, te raconter
mes rêves. A peine sur la route de Guanajuato,
triste et désolé, ne regrettant que toi, je me
suis·demandé pourquoi j'étais devenu timide
en ta présence, pourquoi mon cœur battait si
vite à ta vue, pourquoi toi seule me semblais
belle, pourquoi je ne songeais qu'à ton bonheur. Ces pourquoi, j'y ai trouvé enfin réponse : je t'aime, Laura, je t'aime. Ah ! ces
mots, qui depuis une année brûlent mes lèvres,
les voilà donc enfin dits. Ton frère d'hier,
Laura, a depuis longtemps senti mourir dans

son âme cette flamme tranquille, l'amitié ;
l'amour...

— Tais-toi ! s'écria la jeune fille suppliante
et dont les yeux se remplirent de larmes, tais-
toi.

— Non, je veux te parler de l'avenir, de l'a-
venir aux jours heureux.

— Je ne puis t'écouter, Cayétano ; tu ne sais
pas que, depuis une semaine...

— Je sais que je t'adore, interrompit le
jeune homme, que celle que je veux pour compagne, c'est toi. Tu m'aimes aussi, n'est-ce
pas ? Si tu n'oses répondre, regarde-moi, je
comprendrai. Tu m'aimes ?

— Comme on aime un frère unique, tu n'en
peux douter.

— Je veux plus, Laura ; je veux que le feu
qui me brûle embrase aussi ton cœur, je veux
être pour toi ce que tu es pour moi : l'univers.
Tes larmes, ce sont des larmes de joie, n'est-
ce pas ?

— Ton exaltation me trouble, répondit la
jeune fille ; je t'en conjure, calme-toi.

— Pardonne à mes transports, reprit le jeune homme avec douceur ; c'est que je t'aime tant ! Depuis une année, vois-tu, le démon de la jalousie fatigue mon cerveau de ses chimères ; je vis avec la terreur de n'être pas aimé de toi. Cent fois j'ai voulu accourir, le devoir me retenait prisonnier. J'ai voulu t'écrire pour t'apprendre la vérité ; j'avais peur de m'expliquer mal, j'avais peur de ta réponse, et je remettais au lendemain. C'est que si tu ne m'aimais pas, Laura, je ne voudrais plus vivre. Tu m'aimes ?

— Donne-moi le temps de me remettre, de réfléchir.

— De réfléchir ! s'écria Cayétano qui, tout pâle, se plaça en face de sa cousine pour la mieux regarder.

Laura, suffoquée, ne pouvait, n'osait répondre.

En ce moment, doña Maria parut ; la jeune fille s'élança vers elle.

— O mère, lui murmura-t-elle à l'oreille en l'entourant de ses bras, vous saurez le calmer, lui parler, vous. Il souffre ; il m'aime ; consolez-le.

Doña Maria, stupéfaite, regarda sa nièce s'enfuir. Cayétano se disposait à la suivre ; sa mère se rapprocha de lui.

— J'aime Laura, lui dit le jeune homme d'une voix frémissante, et je viens de le lui avouer.

Doña Maria, joignant ses mains, les leva vers le ciel.

— Ah ! murmura-t-elle, mes pressentiments.

— N'est-elle plus libre ? s'écria Cayétano.

— Non, répondit avec tristesse doña Maria ; depuis huit jours elle est fiancée à un ami de ton père, au colonel Rodriguez.

— Mais elle n'aime pas cet homme ; dites-moi vite qu'elle ne l'aime pas.

— Ce serait mentir, mon pauvre enfant.

Cayétano chancela ; ses deux mains pressèrent sa poitrine, il s'assit sur un banc.

— Ah ! dit-il, votre réponse vient de briser mon cœur ; il valait mieux mentir.

Doña Maria l'enlaça de ses bras ; il sanglotait.

— Mon fils, mon enfant, répétait la pauvre femme, ta douleur me navre ; au nom du ciel, apaise-toi. Voyons, ce mariage n'est pas conclu, il peut se rompre.

— Vous venez de dire, ma mère, que Laura aime son fiancé.

— Mais elle ne t'avait pas revu ; elle ignorait ton amour, que tu aurais dû me confier.

— Je ne voyais qu'elle, répondit le jeune homme avec accablement, et, bien que tourmenté par la jalousie, mon orgueil lui imposait silence ; je m'étais persuadé que Laura ne pouvait aimer que moi. Quelle chute ! C'en est fait pour moi de l'espérance, du bonheur : l'avenir est mort.

— Tu blasphèmes ; moi et ton père, ne comptons-nous donc pour rien dans ta vie ?

— Pardonnez à la douleur, au désespoir qui m'accablent, à une déception d'autant plus cruelle que je l'avais moins prévue. Quand, hier, j'ai franchi le seuil de cette demeure, mon cœur, plein de Laura, battait à rompre ma poitrine ; je croyais marcher vers le bonheur et je me hâtais. Je prévoyais tout, excepté la réalité. Ce matin encore, mon âme joyeuse planait dans le ciel ; maintenant, morne et défaillante, elle se débat dans une ombre terrible. O ma mère, Laura est à jamais perdue pour moi, et vous ne voulez pas que je maudisse l'existence !

— Le temps, cet auxiliaire de Dieu, apporte et remporte les douleurs, mon enfant ; rien de ce qui est terrestre n'est éternel. Tu oublieras.

— Le temps peut agir sur les âmes vulgaires, répliqua Cayétano ; il ne consolera jamais celui qui a cru pouvoir être l'époux de Laura. O ma mère, pourquoi m'avez-vous enfanté !

— Tais-toi, dit avec vivacité doña Maria ; même en proie à la douleur, il est des mots qu'une bouche comme la tienne ne doit jamais prononcer.

— Pardonnez-moi ; les malheureux sont injustes et cruels, à leur insu ; mais c'est qu'aussi tout semble les insulter. Autour de nous, les

oiseaux chantent, les fleurs s'épanouissent,
l'eau murmure; et sous ce ciel bleu qui sourit,
il est un homme qui croit l'univers fait pour
lui, un homme aimé de Laura! Pourquoi lui?
Ma mère, comme le matelot tombé du navire
par une nuit de tempête se débat en vain dans
l'ombre contre les vagues qui doivent l'englou-
tir, je suis tombé de la vie, et ma raison ne
voit plus que ténèbres. Dans mon enfance,
lorsque j'étais souffrant, vous me berciez sur
votre sein, et, après la vôtre, ma voix répétait
une chanson plaintive qui amenait pour moi le
sommeil et l'oubli. Aujourd'hui, votre enfant
devenu homme souffre; son cœur saigne, le
deuil envahit son âme; ma bonne mère, ne
connaissez-vous pas de chanson qui endorme
la douleur et la vie?

Des larmes jaillirent des yeux de doña Maria.

— Tu as le droit de me torturer, dit-elle, tu
es mon fils. Je t'ai donné mon lait, mes soins,
mon sommeil, toute cette meilleure part de
l'existence, ma jeunesse. Vingt fois, épuisée
de veilles, j'ai tremblé près de ton berceau, et

ce que tu m'as coûté d'angoisses, tu ne le sauras jamais. Eh bien, à cette heure où, meurtri par une déception, ton cœur s'appuie sur le mien qui gémit de son impuissance, en ce moment où la douleur te jette dans mes bras, désespéré, je ne blasphème pas, moi; je me tourne vers mon Dieu, mort sur une croix, et je le remercie du bonheur que je lui dois d'être ta mère, car, tant que tu vivras, je ne souhaiterai jamais mourir.

Cayétano se redressa; il saisit la main de la noble femme qui lui parlait.

— Vous avez raison, dit-il; celui qui a une mère comme vous à aimer ne doit pas mépriser la vie, et je veux être digne de vous. Adieu mes rêves, et puisque Laura le dédaigne, je condamne mon cœur à ne plus aimer.

Cayétano prit le bras de sa mère, et tous deux firent à plusieurs reprises le tour du jardin. Doña Maria, redevenue douce et tendre, parlait le plus souvent, et ses pensées viriles, toujours noblement exprimées dans cette belle langue espagnole, un peu emphatique peut-être, mais qui, par cela même, se prête mal à la vulgarité, relevaient peu à peu le courage de Cayétano, réveillaient ses sentiments généreux. Parfois sa mère faisait luire à ses yeux une vague espérance, vers laquelle l'infortuné se tournait avec avidité. Tout à coup, le capitaine Victoria apparut dans le jardin, appuyé sur le bras d'un officier supérieur espagnol.

— Est-ce lui? demanda sourdement Cayétano qui s'arrêta.

— C'est lui, répondit doña Maria. Mon enfant, ajouta-t-elle aussitôt, j'ai été sévère tout à l'heure, le devoir me l'ordonnait. A présent, je te conjure d'être assez maître de toi pour ne pas laisser deviner la cause du trouble qui t'agite. Si le malheur veut qu'il soit ton rival, sache au moins que le colonel Rodriguez est une noble nature, un vrai Castillan, un ami de ton père digne de devenir le tien.

— Espagnol et fiancé de Laura! murmura Cayétano ; comprenez donc, ma mère, que je ne puis que haïr cet homme !

— Avant de songer à toi, répliqua la noble femme, tu dois penser à ta cousine, qui n'a plus au monde d'autre appui que nous, et dont, fût-ce aux dépens du nôtre, nous devons assurer le bonheur. Reste un instant ici ; il le faut.

Cayétano ne répondit pas. Le cœur brisé, l'âme pleine de colère, il examinait l'officier. C'était un homme d'une trentaine d'années, au front intelligent, aux traits réguliers, sévères et néanmoins sympathiques.

— Eh bien, s'écria le capitaine, qui ne pouvait marcher qu'avec une extrême lenteur, nous laisserez-vous arriver jusqu'à vous sans bouger ? Que se passe-t-il donc ? demanda-t-il en remarquant l'air contraint de sa femme et de son fils. Vous semblez interdits, et Laura, que j'ai fait prévenir de la présence du colonel, répond qu'elle est souffrante.

— Elle est souffrante, en effet, s'empressa de répliquer doña Maria, et Cayétano s'en inquiétait. Ne vous tourmentez pas, colonel, elle va venir.

— Je comptais, reprit le capitaine d'un ton de reproche en s'adressant à son fils, être la première personne que tu embrasserais ce matin ; sans l'aide de don Rodriguez, e t'attendrais encore au salon.

— La fatigue de mon voyage m'a fait me lever tard, mon père, répondit avec effort Cayétano ; mais j'allais me rendre près de vous.

— Merci, colonel, dit le vétéran à son guide qui venait de l'aider à s'asseoir sur un banc. Maintenant, permettez-moi de vous présenter mon fils, dont vous connaissez le nom et l'emploi. Le colonel Rodriguez, ajouta le capitaine avec une satisfaction visible en montrant son hôte, ton futur cousin, Cayétano, car je suppose que tu connais enfin l'heureuse nouvelle.

L'ingénieur, frissonnant, se contenta de s'incliner. Mais le colonel se hâta de se rapprocher de lui, la main tendue.

— Si vous le voulez bien, señor, dit-il avec cordialité, nous serons amis avant d'être parents.

Après un moment d'hésitation, l'ingénieur posa sa main dans celle de l'officier, sans toutefois répondre à son amicale étreinte. Le colonel sentit avec surprise frémir les doigts qu'il pressait, et fut frappé de la pâleur du jeune homme. Il le regarda en face, et vit la flamme qui brillait au fond de ses yeux. Devenu pensif, il prit lentement place près du capitaine, qui insistait pour l'obliger à s'asseoir à son côté, et qui dépêcha doña Maria vers Laura. Avant de s'éloigner, doña Maria embrassa son fils et lui murmura à l'oreille :

— Contiens-toi.

Cayétano, restant debout, s'appuya contre une table rustique.

— Vous me racontiez donc, Rodriguez, dit le capitaine, que les nouvelles de ce matin sont assez inquiétantes pour nécessiter l'envoi d'un régiment à Guanajuato ?

— Oui, répondit le colonel ; retranchés sur un sommet inaccessible, les bandits tiennent en échec les troupes envoyées contre eux. Ils ont dressé, au milieu de leur camp, une bannière sur laquelle, paraît-il, est inscrit en grosses lettres le mot « liberté ».

— Sous le régime paternel qui nous gouverne, s'écria le capitaine, la liberté que réclament ces malfaiteurs ne saurait être que celle du pillage et du vol. Vous me disiez encore qu'ils ont pu s'emparer par surprise du fortin du Présidio, qui commande la route ?

— Le vice-roi venait d'apprendre cette nouvelle lorsque j'ai quitté le palais, répondit l'officier, et c'est là un véritable malheur, car les armes que les rebelles se sont appropriées serviront à commettre plus d'un assassinat. D'après les premiers rapports, les vingt soldats du fortin ont été massacrés, et leur mort va donner lieu à de terribles représailles. Les meneurs de cette entreprise sont insensés, s'ils espèrent pouvoir lutter avec l'Espagne.

— Êtes-vous sûr de ne pas vous tromper, colonel ? dit froidement Cayétano. J'ai traversé les rangs de ceux que vous nommez des bandits, et j'ai vu des hommes qui, las d'obéir aux intrus que l'Espagne envoie pour les gouverner, veulent devenir leurs égaux et sont prêts à mourir pour atteindre ce but. Ceux que vous nommez des bandits, je les tiens, moi, pour d'héroïques citoyens.

— Des citoyens ! répéta le capitaine avec véhémence. Allons-nous donc reprendre notre querelle d'hier ? La reconnaissance t'égare ; le roi d'Espagne est notre souverain, et quiconque méconnaît son pouvoir, un bandit.

— Si le roi d'Espagne veut que l'on continue à lui obéir, mon père, qu'il écoute enfin les réclamations qui lui sont adressées depuis tant d'années, qu'il se montre équitable.

— Doit-il se laisser dicter des lois ?

— Pourquoi pas, si elles sont justes ? Nous ne sommes plus au lendemain de la conquête, et tout homme né sur ce sol doit être libre.

— Prenez garde, señor, dit le colonel, vous parlez comme les séditieux.

— Je ne suis pas né en Espagne, répliqua l'ingénieur avec vivacité ; je suis Mexicain. Lorsque mes compatriotes s'arment et com-

7.

battent pour conquérir une patrie, je ne puis former des vœux qu'en leur faveur.

— Par le ciel! s'écria le capitaine, est-ce bien mon fils qui parle? est-ce bien lui qui oublie que mes cheveux ont blanchi au service de notre bien-aimé souverain?

— Oui, reprit Cayétano avec amertume, vous avez vaillamment servi le roi, mon père, et vos glorieuses blessures vous ont valu le grade de capitaine, qu'en votre qualité de créole vous ne pouviez dépasser.

— Les créoles ont le droit de pétition, dit le colonel; ils peuvent, par des voies légales, réclamer du roi une égalité qu'il est, j'en suis convaincu, prêt à leur accorder.

— Ils l'ont tenté, repondit Cayétano; le roi ne les a jamais écoutés.

— Il les écoutera moins encore, reprit le colonel d'un ton conciliant, lorsqu'ils parleront les ar es à la main. Quelle que soit la devise qu'ils inscrivent sur leur drapeau, n'en doutez pas, señor, les rebelles seront vaincus.

— Oui, s'écria Cayétano, vingt fois, cent fois

peut-être ; mais, à la longue, vous leur appren-
drez à vous vaincre, et une bataille suprême
anéantira votre puissance oppressive. Quoi!
señor, parce que le hasard vous a fait naître
à deux mille lieues d'ici, je dois être votre
inférieur ? Mon esprit repousse cette logique.
Vous dominez par la force, c'est à la force
qu'en appellent aujourd'hui les créoles pour
conquérir le titre de citoyens, et je les approuve.

— Deviens-tu fou ? dit le capitaine qui regardait son fils avec indignation. Oublies-tu que con-
tester le pouvoir du roi, c'est s'en prendre à
Dieu dont il tient son sceptre, dont il est ici-bas
le mandataire ? Où donc as-tu puisé tes détes-
tables maximes ?

— Dans mon cœur et dans ma raison.

— Non ; je t'ai enseigné d'autres principes.
Tu es resté durant quelques heures aux mains
des traîtres, et leurs mensonges t'ont perverti.

— J'ai applaudi à leurs intentions et j'ai admiré leur courage, répondit le jeune homme,
car ils ne méconnaissent ni Dieu ni le roi,

comme vous paraissez le croire. Ils veulent simplement devenir des hommes en face de la loi, et ils se disposent à mourir pour conquérir ce droit.

— Vous êtes jeune et enthousiaste, mon cousin, dit amicalement le colonel.

— Votre cousin ! répéta Cayétano. Oui, je dois devenir votre cousin, car votre supériorité usurpée nous enlève jusqu'aux cœurs de nos compatriotes. Ayant le choix, c'est vers le maître qu'elles lèvent leurs regards passionnés. Entre vous et moi, il ne s'agit pas de savoir qui est le plus intelligent, le plus instruit, le plus brave, le plus aimant. Vous êtes Espagnol, j'ai du sang indien dans les veines, la balance s'incline d'elle-même de votre côté. A vous toutes les supériorités, toutes les faveurs, toutes les amours ; vous serez général, vice-roi, que sais-je encore ! Quant à moi, si j'étais soldat comme l'a été mon père, après trente ans de loyaux services je deviendrais capitaine sous un colonel de vingt ans. Tenez, señor, haïssez-moi, car je vous hais.

Le colonel s'était levé, surpris du ton provocateur de Cayétano. Il regardait le jeune ingénieur avec attention ; une expression de tristesse assombrit soudain son visage.

— Je crois trop bien deviner la cause de votre injuste colère, dit-il avec émotion, et je ne veux pas vous répondre en ce moment. Je ne vous hais pas, moi ; je vous plains.

Cayétano allait répliquer, son père lui coupa la parole.

— Par le ciel ! dit le vétéran qui, les sourcils froncés, fit un pas vers son fils, vous êtes chez moi et vous osez outrager mon hôte, un serviteur du roi ! Au même titre que vous contestez l'autorité de notre souverain, vous allez, sans doute, mépriser la mienne ?

— Mon père...

— Oui, je ne suis que votre père.

— Je vous en prie, capitaine, laissez à don Cayétano le temps de réfléchir, de me mieux juger.

— N'intercédez pas pour moi, s'écria Cayétano ; ne vous ai-je déjà pas dit que je vous hais ?

— Assez, dit le capitaine, assez. Tu sais que ma volonté est inflexible, continua-t-il en se rapprochant de son fils, et tu viens d'insulter mon hôte.

— Votre hôte, mon père, porte une épée au côté ; s'il trouve mes paroles offensantes, il peut m'en demander raison.

— Non, dit le colonel, ma position me l'interdit.

— Parce que je ne suis qu'un créole ? s'écria Cayétano.

— Non ; mais parce que vous êtes presque le frère de doña Laura.

Le capitaine, qui se disposait à reprendre la parole, s'arrêta en voyant accourir Huétoca, qui, en proie à un trouble visible, se dirigea vers Cayétano.

— Qu'y a-t-il ? lui demanda le jeune homme.

— Du mauvais temps, señor, dit le métis avec une grimace et en s'étreignant le cou ; un familier du saint office est là ; il vient vous chercher de la part du grand inquisiteur, afin de vous conduire au palais du vice-roi.

— Bonté du ciel ! s'écria le capitaine alarmé, et dont la colère s'éteignit subitement. As-tu, par malheur, mon enfant, parlé au dehors comme tu viens de le faire ici ? Colonel, je vous connais ; vous allez, j'en suis sûr, vous venger de cette tête folle en m'aidant au besoin à expliquer ses paroles. Elles sont provoquées, je me hâte de vous l'apprendre, par les violences qu'a subies Cayétano de la part d'un officier qu'il a rencontré sur la route de Guanajuato et qui lui a pris son cheval. Votre bras, mon ami, je vous en prie. Au nom de ta mère, au nom de ton affection pour elle et pour moi, continua le vétéran qui saisit la main de son fils, surveille tes réponses et ne te les laisse pas dicter par le souvenir de l'injure qui trouble en ce moment ton esprit.

A peine rentrés dans la cour mauresque de l'habitation, le capitaine, le colonel et Cayétano se trouvèrent en face d'un moine franciscain qui, accompagné d'un frère lai, se tenait sous le corridor.

— Que Dieu vous garde, mes frères ! dit le

religieux en soulevant l'immense chapeau blanc dont il était coiffé.

— Et que son nom soit à jamais béni ! répondirent à la fois le capitaine et le colonel en baisant à tour de rôle la main que le moine leur tendait.

— Je vous demande pardon de vous déranger d'aussi bonne heure, reprit le franciscain ; mais Leurs Excellences, le grand inquisiteur et le vice-roi, ont appris hier au soir l'arrivée de votre fils, qui, d'après le rapport de l'officier de garde à la porte de Saint-Lazare, est resté durant plusieurs heures au pouvoir des excommuniés qui troublent en ce moment la paix du roi.

— Est-ce là un crime? demanda Cayétano.

— Non certes, señor ; mais Leurs Excellences, qui connaissent votre père et vous tiennent pour un fidèle sujet de Sa Majesté le roi, voudraient recueillir de votre bouche quelques renseignements sur le nombre et surtout sur les positions occupées par les bandits qui se sont emparés d'un convoi de poudre.

— Leurs Excellences, qui connaissent mon père, veulent donc m'élever à la dignité de délateur? dit avec ironie Cayétano.

— Oui, oui, s'empressa de répondre le capitaine, feignant de voir une plaisanterie dans les paroles de son fils, puis il se hâta d'adresser quelques questions au franciscain.

— Au nom des êtres qui vous sont chers, señor, dit rapidement le colonel à Cayétano, redevenez maître de vous. En ces temps de trouble, nul ne peut rien contre les rigueurs du saint office.

— Ainsi, colonel, vous me conseillez de mentir et de renier mes convictions?

— Le ciel m'en préserve! répondit à mi-voix l'officier; je vous engage seulement à respecter les lois en vigueur, à ne pas braver ceux qui ont mission de les appliquer.

Le capitaine, qui venait d'échanger quelques mots avec le moine, se rapprocha de Cayétano.

— J'en appelle de nouveau à ton cœur, lui dit-il à voix basse; quels que soient tes griefs, oublie-les pour ne songer qu'à ta mère et à moi.

— Soyez tranquille, mon père, répondit le jeune homme, je saurai me taire ; j'ai besoin de ma liberté.

Prenant alors son chapeau, que lui présentait Huétoca, il embrassa le vétéran, salua le colonel et se mit aux ordres du franciscain.

VI

Établie au Mexique dès l'année 1571, l'inquisition, qui eut d'abord à sévir contre les Indiens rebelles au joug des conquérants, puis contre les juifs portugais qui suivaient alors en grand nombre les armées espagnoles, ne trouvait plus, depuis un siècle environ, que de rares occasions d'exercer ses rigueurs. Dans un pays soumis et fanatisé, dont les habitants eussent eux-mêmes fait prompte justice de l'imprudent assez osé pour toucher à leur croyance, le rôle du grand inquisiteur avait singulièrement perdu de son importance, bien que son pouvoir fût encore illimité. En somme, les autodafés, qui n'ont rendu que trop célèbre le soupçonneux tribunal, étaient à peu près inconnus de la génération qui peuplait le Mexique en 1810. N'ayant plus à s'occuper de la foi, le saint office, ainsi

qu'on le nommait communément, bornait ses
soins à veiller sur la moralité publique, et, depuis la Révolution française, toute sa vigilance
se dépensait à empêcher qu'aucun livre philoso-
phique pénétrât dans les possessions espagnoles. Le grand inquisiteur avait donc la haute
main dans la police intérieure du royaume de
la Nouvelle-Espagne ; mais, si l'on pouvait l'ac-
cuser d'obscurantisme, on ne pouvait, il faut le
dire à son honneur, lui reprocher d'autres cruautés que celles du passé.

La prise d'armes de don Luis, bientôt suivie
de celle du curé Hidalgo, que les Mexicains
considèrent comme le véritable promoteur de
la révolte qui devait leur valoir l'indépendance,
rendit soudain au terrible tribunal religieux son
ancienne importance dans l'État. Pour lui, attaquer le roi d'Espagne, c'était attaquer l'Église
et Dieu. Aussi, dès la première nouvelle des
événements de Guanajuato, le grand inquisiteur et ses familiers vinrent-ils siéger chaque
jour dans le palais du vice-roi Vénégas, dont le
caractère cruel allait se révéler. Leur première

mesure fut de lancer une excommunication majeure — peine effrayante pour des catholiques
animés d'une foi aveugle — contre tous ceux
qui, matériellement ou moralement, pactise-
raient avec les insurgés.

Marchant côte à côte avec le moine qui le
conduisait au palais, Cayétano réfléchissait à
loisir, car son compagnon avait trop à faire pour
causer avec lui. A l'approche du saint homme,
chacun se précipitait à bas des trottoirs, afin
de lui faire place, et s'inclinait ou s'agenouillait
pour implorer au passage sa bénédiction. De
temps à autre, un métis ou un créole l'arrêtait
pour baiser sa main ou le bas de sa robe, afin
de gagner ainsi des indulgences. Le vice-roi
lui-même, dans ses promenades à travers la
ville, recueillait certainement moins d'hommages respectueux que ce simple moine en robe
de bure, que l'on savait puissant dans les conseils de l'État.

La colère du jeune ingénieur se calmait peu
à peu, et, tout à la réalité présente, il ne songeait pas sans appréhension à l'interrogatoire

qu'il allait subir. Il ne voulait ni révéler les projets de don Luis ni agir de façon à compromet-
tre sa propre liberté. Comme il raisonnait avec
sang-froid, il put préparer ses réponses. Par
bonheur, il n'était qu'accidentellement en cause,
car personne, son père et don Rodriguez ex-
ceptés, ne connaissaient ses pensées intimes.
Aussi fut-ce sans terreur qu'il franchit les portes du palais, pour être aussitôt introduit près
du vice-roi.

Le capitaine Victoria, bouleversé par les paroles de son fils, était plus inquiet que lui. A
peine l'eut-il vu disparaître que, se rapprochant
du colonel, il le supplia de courir au palais, ne
fût-ce que pour recueillir des nouvelles et les
lui transmettre. L'officier tenta de rassurer son
vieil ami, n'y réussit guère et céda à son désir.
Mais c'était chose si redoutable, aux yeux du
brave vétéran, que d'avoir à comparaître devant le saint office, qu'il ne pouvait tenir en
place. Il fit amener sa chaise à porteurs et
se rendit lui-même chez le vice-roi, ayant à
peine échangé quelques mots avec doña Ma-

ria, à laquelle il voulait épargner ses anxiétés.

Plus d'une heure s'était écoulée depuis le départ de Cayétano. Doña Maria et sa nièce, assises près d'une des fenêtres grillées du grand salon, fenêtres qui donnaient sur la rue, se levaient à tour de rôle pour regarder au dehors, avec l'espoir de voir enfin apparaître ceux qu'elles attendaient. Les yeux rougis, abattues, les deux femmes ne causaient guère que pour se communiquer leurs appréhensions.

— Rien encore ? demanda doña Maria à sa nièce qui venait de se pencher sur l'étroit balcon.

— Rien, répondit la jeune fille.

— On nous cache quelque malheur, s'écria la pauvre mère qui se tordit les mains ; j'en ai le pressentiment. Tu ne l'as pas vu non plus, toi, ce moine qui venait de la part du vice-roi ?

— Non, répondit Laura ; n'étais-je pas dans ma chambre, avec vous, encore désespérée des aveux inattendus de Cayétano ?

— C'est vrai ; je deviens folle. Cayétano parti, ton oncle a dépêché don Rodriguez au palais ;

puis il s'y est rendu lui-même. Or, ton oncle, tu le sais, ne s'inquiète pas de peu. Ce moine, cet inquisiteur, que pouvait-il vouloir à mon fils?

— Vous n'ignorez pas, chère tante, que Son Excellence choisit souvent ses messagers parmi les membres du saint office.

— Oui, ses messagers de malheur. Encore une fois, ton oncle était plus troublé qu'il ne voulait le paraître ; je le connais trop pour m'y être trompée. Ce n'est pas la curiosité, ainsi qu'il me l'a dit, qui l'a décidé à sortir. Cayétano, d'après lui, s'est exprimé comme le ferait un rebelle. Aveuglé par la jalousie, saura-t-il mesurer ses paroles devant ceux qui l'interrogent en ce moment? Comme il t'aime, Laura ! Tantôt il souhaitait mourir. Lui, si calme, si doux, je ne le reconnaissais plus. Et ce matin, s'écria la pauvre mère qui fondit en larmes, je trouvais les heures lentes, tant j'avais hâte de le voir s'éveiller pour l'embrasser !

— Si je partage en partie vos appréhensions, dit la jeune fille qui entoura le cou de sa tante de ses bras et s'appuya sur sa poitrine, je m'effraye cependant moins que vous. Hier au soir, Cayétano nous a raconté que, lorsqu'il a franchi la porte de la ville, il a dû montrer son passeport à l'officier de garde, lequel a pris note de son nom. Quoi d'étrange à ce que le vice-roi, sachant que mon cousin a traversé le bois de la Cruz, veuille l'interroger ?

— Mais songe donc ! si ton cousin cherche à excuser les rebelles, s'il plaide leur cause ainsi qu'il l'a plaidée hier devant nous !

— Cayétano, ma tante, est trop sage pour s'exprimer en face du vice-roi comme il a cru pouvoir le faire ici.

Doña Maria se rapprocha de la fenêtre et regarda longtemps au dehors.

— Rien, dit-elle avec accablement; j'espère toujours que Rodriguez... et pourtant, s'ils se rencontraient ! Ton oncle ignore encore que Cayétano t'aime, et il a cru bien agir en envoyant le colonel au palais.

— Rassurez-vous, ma tante, don Rodriguez est calme, si mon cousin ne l'est pas. Mère, reprit la jeune fille après un silence, il faut reculer la date de mon mariage.

— Pour que tu souffres à ton tour, mon enfant? Non, Cayétano a l'âme noble ; sa douleur s'apaisera peu à peu. Il écoutera la voix de la raison, mes conseils, et c'est dans l'affection qu'il a pour toi qu'il trouvera, j'en suis sûre, la force de se sacrifier à ton bonheur.

— Comment pourrais-je être heureuse, répondit la jeune fille, en vous sachant malheureux à cause de moi?

— Prions la Vierge, dit doña Maria ; elle a connu toutes les douleurs, et sa main divine peut les soulager.

Ce fut avec humilité que les deux femmes allèrent s'agenouiller aux pieds d'une statuette de la Vierge, devant laquelle brûlait une lampe d'argent. Un trophée d'armes, reflété par une glace placée derrière la sainte image, entourait de glaives la mère du Christ. Tout à coup, un pas retentit sous le corridor ; doña Maria s'élança et se trouva en face du colonel.

— Mon fils? cria-t-elle.

— Il sera ici dans un instant, se hâta de répondre l'officier.

— Libre?

— Libre, señora.

L'angoisse qui crispait les beaux traits de doña Maria s'effaça peu à peu ; elle respira, soulagée.

— Que Dieu vous bénisse pour cette bonne nouvelle, don Rodriguez !

Et des larmes, de satisfaction cette fois, roulèrent sur les joues de la mère de l'ingénieur.

— Que s'est-il passé? demanda Laura à l'officier qui lui baisait respectueusement la main. Votre absence prolongée, celle de mon oncle, de mon cousin, nous tiennent alarmées depuis une heure, ma tante et moi.

C'est que les courriers se succèdent au palais, chère Laura, et que leurs dépêches ont, à plusieurs reprises, interrompu le grand inquisiteur, qui tenait à interroger lui-même votre cousin.

— Qu'a dit mon fils? demanda doña Maria.

— Avec un sang-froid dont je le croyais inca-

pable, répondit le colonel, il a, sans paraître le
vouloir, éloquemment plaidé en faveur des insurgés. Il a expliqué la cause de leur révolte,
qui, selon lui, n'a d'autre but que de faire écouter leurs plaintes et de forcer la justice du roi à
s'occuper de réformes réclamées par l'équité.

— Et le grand inquisiteur l'a laissé parler ?
demanda doña Maria avec terreur.

— Oui ; attendu qu'avec une habileté qui m'enleva bientôt toute crainte pour sa personne, don
Cayétano déclarait répéter les paroles qu'il
avait entendues. Par bonheur, ni le vice-roi ni
le grand inquisiteur n'ont songé à lui demander
ce qu'il pense lui-même de cette prise d'armes
ou des motifs mis en avant pour tenter de la
justifier.

— Je ne serai complètement rassurée, dit
doña Maria, que lorsqu'il sera là, près de moi.

— Je vous l'aurais ramené, répliqua le colonel qui secoua la tête avec tristesse, si je n'avais
craint, en me montrant à lui, de réveiller son
injuste colère.

— Vous êtes heureux, vous, dit doña Maria

qui prit la main de l'officier et dont les yeux se
remplirent de larmes ; vous serez indulgent,
n'est-ce pas, en face de mon pauvre enfant ? Il
souffre d'une déception que vous avez sans
doute devinée, dont mieux que personne vous
devez comprendre l'amertume. Mais ses torts
d'aujourd'hui, il saura les réparer demain, c'est-
à-dire plus tard.

— Soyez sans crainte, señora, répondit le
colonel ; j'ai deviné, en effet, quelle douleur
torture le cœur de don Cayétano ; vous avez
raison, cette douleur, je la comprends trop bien
pour ne pas le plaindre ou pour le rendre responsable des paroles que lui dictera la jalousie.
Je me suis promis de supporter avec im-
passibilité sa mauvaise humeur et ses injustices, de ne voir en lui, quoi qu'il dise ou qu'il
fasse, que le frère de doña Laura.

— Votre résolution, dit la jeune fille qui récompensa son fiancé d'un doux regard, me
rend fière de vous.

— Et mon mari, ne l'avez-vous pas vu ? demanda doña Maria.

8.

— Je l'ai quitté complètement rassuré, pour accourir vers vous. Il connaît à merveille les environs de Guanajuato, et je l'ai laissé donnant des indications topographiques à l'un des aides de camp de Son Excellence le vice-roi.

Plus calme, mais néanmoins impatiente de revoir son fils, doña Maria s'assit sur le rebord de la fenêtre pour guetter son arrivée. Le colonel et Laura gagnèrent le corridor et se promenèrent sous ses arcades, dont des plantes grimpantes entouraient les piliers.

— Vous paraissez si triste, doña Laura, dit le colonel en regardant avec amour sa belle fiancée, que me voilà tout bouleversé.

— Puis-je me montrer gaie, répondit la créole, quand je vois les chers êtres qui ont protégé mon enfance dans la peine à cause de moi, alors que je voudrais acheter leur bonheur aux dépens du mien?

— Don Cayétano vous aime, Laura, vous ne me l'aviez pas dit.

— C'est que ce matin encore, don Rodriguez, j'ignorais que Dieu me réservait ce chagrin.

— Notre mariage ne doit se célébrer que dans un mois, reprit l'officier après un instant de silence et d'une voix altérée ; pendant ce temps vous allez voir votre cousin à toute heure, l'entendre vous parler d'amour, et sans doute essayer de le consoler.

— Dites plutôt de le guérir.

— C'est rêver l'impossible, Laura. Vous avez allumé la flamme, vous serez impuissante à l'éteindre, peut-être même vous y brûlerez-vous.

— Que voulez-vous dire ?

— Que la présence de votre cousin dans cette demeure inquiète mon amour. Je n'ai pas ses colères, ses transports, et c'est là une infériorité.

— Je suis votre fiancée, colonel, répondit la créole ; j'ai librement accepté d'être votre femme ; vous savez que je vous aime, et je ne vois pas quelles raisons peuvent vous inquiéter.

— Le sais-je moi-même ? répondit l'officier.

L'avare ne redoute-t-il pas à chaque instant de perdre son trésor? Vous m'aimez, dites-vous ; tenez, Laura, ces mots qui devraient m'enivrer en tombant de vos lèvres, que je voudrais vous entendre répéter sans cesse, ils me désespèrent parfois par la façon dont vous les prononcez. Est-il bien sûr que vous m'aimez, et votre cœur innocent ne confond-il pas l'estime, la sympathie, l'amitié, avec l'amour? Répondez-moi, je vous en prie, afin de dissiper le doute qui me tourmente. A mon approche votre cœur bat-il plus vite? Mon absence vous attriste-t-elle, le bruit de mes pas vous fait-il tressaillir? Ces jours qui nous séparent encore de l'heure de notre union, en comptez-vous les minutes et les secondes, et maudissez-vous, comme moi, le temps qui semble les rendre éternelles?

— C'est une confession générale que vous semblez exiger de moi, répondit Laura souriante ; eh bien, je m'exécuterai avec franchise. Non, je n'ai pas ces impatiences, cette fièvre dont vous parlez et que je comprends à peine.

Mon affection pour vous est profonde, sincère, mais elle s'étonne de ces orages qui ne peuvent être nécessaires au bonheur. Votre gravité me plaît, j'y vois le fond de votre âme loyale. Il y a quelque chose de triste en vous, et c'est peut-être par ce côté-là que vous touchez le plus mon cœur, car les femmes, si j'en juge par moi-même, sont portées à aimer ceux qui ont besoin d'être consolés. Je suis fière d'avoir été distinguée par vous, je suis heureuse quand je vous vois, quand je vous écoute. De tous les hommes que je connais, c'est dans votre main que la mienne se pose avec le plus de confiance. Enfin, lorsque vous n'êtes pas là, je songe au bonheur dont vous êtes si digne, et que je voudrais vous apporter en dot. Maintenant, mon seigneur, êtes-vous satisfait ?

— Non, répondit le colonel avec tristesse ; le sentiment que vous venez de peindre, Laura, et qui suffirait à combler de joie une âme moins éprise que la mienne, ce n'est pas l'amour, c'est l'amitié. Je vous adore, moi ; je ne vis et ne respire que pour vous. Ma gravité, dont vous parlez, vous ferait sourire si vous étiez témoin de mes enfantillages lorsque je suis loin de vous. Moi, qui commande à mille soldats d'élite, j'amasse un trésor des fleurs qui tombent de votre main ou de vos cheveux. Pour vous, j'ai toutes les ambitions : j'envie la richesse, la puissance, la gloire. Tantôt sombre, jaloux, je voudrais vous emporter au fond de la Castille, dans le manoir où je suis né, et, comme le roi maure qui avait enlevé une fille chrétienne, cacher à tous les regards votre beauté merveilleuse, afin d'en jouir seul. Tantôt, au contraire, je rêve la souveraineté pour semer les perles et les diamants sous vos pieds, pour mettre une couronne sur votre front.

— Je vous aime sans couronne, mon chevalier, répondit la jeune fille d'un ton enjoué, avec ce que vous nommez vos enfantillages. Mais les colombes n'ont pas le vol des aigles, et je ne place pas le bonheur si haut que vous. Si j'avais à choisir, ce serait plutôt dans votre manoir que sur un trône que j'aimerais à vivre à vos côtés. Allons! de même que mon cousin, je vois que vous êtes poète à vos heures.

— Votre cousin! s'écria l'officier, je l'aimais hier, et voilà que son nom sur vos lèvres me rend soucieux.

— Pauvre Cayétano! dit la jeune fille dont le front s'assombrit; il est à plaindre, non à envier.

— Je le trouve heureux, moi, répliqua le colonel; il va vivre près de vous, respirer l'air que vous respirez, vous parler à toute heure de son amour. Pourrez-vous, Laura, l'écouter sans danger?

— Cayétano ne me parlera pas d'amour, don Rodriguez; il sait qu'il ne m'est plus permis de l'écouter.

— Comment lui imposerez-vous silence! reprit l'officier. Je vais souffrir, moi aussi, Laura, et il faut que vous ayez pitié de moi. L'époque de notre mariage dépend de votre volonté; ce mariage, il devait se célébrer dans un mois; consentez à ce que nous soyons unis dans quinze jours?

— Non, répondit la jeune fille ; ce serait désespérer Cayétano, et il a droit à une pitié qui est pour nous un devoir, puisque nous sommes heureux. Sachons attendre, il se consolera ou repartira.

— Il ne partira pas tant qu'il vous verra libre, Laura, et croira pouvoir espérer quand même. Vous allez vivre avec lui dans un tête-à-tête incessant. Cette flamme que je suis impuissant à faire jaillir de votre cœur, si don Cayétano...!

— Voilà une supposition, colonel, qui n'est digne ni de vous ni de moi.

— Pardonnez à mon amour, dit l'officier qui s'inclina ; mais vous êtes fille de ces climats où le sang bouillonne, où la passion déborde à l'improviste comme ces torrents des Cordillères qui, paisibles, azurés, gazouillants, s'enflent soudain et noient les vallées qu'ils arrosent. Vous êtes créole, Laura, et dans vos yeux, dans votre voix, dans tout votre être, couve une flamme qui se fera jour tôt ou tard et que votre volonté sera impuissante à étouffer.

— Cayétano est mon frère, répondit Laura, et c'est seulement à ce titre qu'il possède mon affection.

— Vous pouvez le jurer aujourd'hui, pourrez-vous encore le jurer demain ? Vous l'avez dit tout à l'heure : les femmes sont portées à aimer ceux qui souffrent, ceux qui ont besoin d'être consolés. Don Cayétano a sur moi cette supériorité : il est malheureux.

— Me croyez-vous donc capable, dit la belle créole d'un ton de reproche, de briser votre cœur pour consoler le sien ?

— Non ; mais quelles que soient ma patience, ma confiance en vous, me sera-t-il possible de voir votre cousin vivre à vos côtés sans devenir à mon tour jaloux ? Me sera-t-il possible, Laura, de voir avec indifférence son regard amoureux vous envelopper de caresses, d'entendre sa voix s'adoucir en vous parlant, d'être témoin, sans mourir, de ces mille familiarités, insignifiantes pour vous par habitude, cruelles pour moi qui vois en vous ma femme ? Don Cayétano vous aime et il me hait, il me l'a dit.

9

Il abusera devant moi, en dépit de votre réserve, des privautés que lui permet son titre de frère. Aurai-je le courage de voir sans colère sa main presser la vôtre, quand je trouve insolents ceux qui osent vous regarder ?

— Oui, vous aurez ce courage, répondit la jeune fille qui posa sa main sur le bras de l'officier, parce que votre confiance en moi doit être absolue, parce que vous m'aimez. Oui, Cayétano, l'ami de mon enfance, recevra de moi les consolations que mon amitié pour lui m'inspirera, mes actions tendront à guérir la blessure dont il souffre, et vous m'y aiderez. Loin d'avancer l'époque fixée pour notre mariage, j'en appellerai peut-être à votre amour pour la reculer, moins pour épargner le cœur de Cayétano que celui de sa mère, que celui de mon oncle qui ignore encore la passion de son fils.

— Vous ne pouvez trop demander à mon amour, dit le colonel qui pressa la petite main appuyée sur son bras ; mais peut-être présumez-vous trop de mes forces.

— Non, répliqua Laura ; je connais votre sagesse, votre modération, et je vous sais capable de tous les héroïsmes. D'ailleurs ne serai-je pas là pour vous soutenir, pour vous rappeler sans cesse que je n'ai qu'une parole, et que c'est librement que je vous ai accepté pour fiancé ? Me promettez-vous d'être patient ?

— Ne faut-il pas, dit avec soumission l'officier, vouloir tout ce que vous voulez ?

-- Merci, répondit la créole qui le récompensa d'un doux regard ; votre femme, colonel, vous payera bientôt les dettes de Laura, car si mon choix était encore indécis, ce serait dans la vôtre que se poserait de nouveau ma main.

Le colonel et Laura se promenèrent quelques instants silencieux, puis l'aimable jeune fille, pour chasser les pensées pénibles qui assombrissaient le front de celui qui devait être son mari, lui parla de l'avenir avec plus de tendresse qu'elle n'avait coutume de le faire. Le soleil, à travers le réseau de lianes qui om-

brageait le corridor, glissait des rayons qui,
s'étalant multicolores sur les dalles blanches
dont il était pavé, les semaient de fleurs de
feu. Parfois un de ces rayons, éclairant le visage de la belle créole, colorait à l'improviste
son teint mat d'une lueur rose. Elle apparaissait alors commme entourée d'une auréole
flamboyante, et son regard, adouci par com-
passion plus que par coquetterie, se levait
vers le grave visage de son cavalier. Rassuré,
transporté par ce regard, celui-ci souriait à sa
belle compagne et oubliait soudain ses craintes
jalouses pour ne songer qu'au bonheur que
l'avenir semblait lui promettre.

Si heureux qu'il se sentît près de Laura, le
colonel songeait que Cayétano ne pouvait tarder à reparaître. Or il voulait éviter de se retrouver en face du jeune homme avant que ce
dernier eût eu le temps de réfléchir, de rede-
venir maître de ses paroles et de ses actions.
Après avoir communiqué ses intentions à
Laura, qui se hâta de les approuver, l'officier
revint vers le salon afin de prendre congé de

doña Maria, toujours aux aguets derrière la fenêtre.

— Le voilà, cria-t-elle joyeuse.

Et, s'élançant au dehors, elle apparut bientôt tenant son fils entre ses bras. Cayétano se dégagea à la vue du colonel et fit un pas vers lui.

— Te voilà libre, dit Laura à son cousin auquel elle tendit la main.

— Oui, grâce à une feinte qui fait que je me méprise, répondit l'ingénieur avec amertume.

— N'as-tu pas rencontré mon oncle?

Au lieu de répondre, Cayétano se rapprocha du colonel.

— Sur mon âme, señor, lui dit-il d'une voix brève, vous manquiez tout à l'heure dans le groupe d'officiers qui font escorte à Son Excellence le vice-roi et qui plaisantent si agréablement. S'il faut les en croire, il suffira de leurs cravaches pour ramener les insurgés à l'obéissance, et la qualification de créole leur semble synonyme de celle de lâche.

— Propos et bravades de jeunes gens, señor,

répondit Rodriguez, auxquels on ne doit prêter
aucune attention. Les hommes sages, en tête
desquels je place le vice-roi que vos paroles
ont ému, pensent plus sérieusement. Espagnols
et créoles sont pour eux des sujets du roi, et
la guerre entre eux leur apparaît comme une
lutte fratricide qu'ils voudraient à tout prix con-
jurer.

— Étiez-vous donc au palais? demanda
Cayétano.

— Oui; je vous avais suivi sur la prière de
votre père.

— Pour me couvrir de votre protection?
s'écria le jeune homme.

— Pour expliquer la cause de votre colère,
si elle l'eût emporté sur votre prudence, répondit le colonel.

— Et vous avez sans doute cru, reprit l'ingénieur, que la peur me dictait mes réponses?

— J'ai au contraire admiré votre sang-froid
et l'énergie avec laquelle vous avez plaidé la
cause de vos compatriotes.

— Oui, reprit le jeune homme avec colère,

j'ai laissé croire que, délateur imbécile, je rapportais les secrets desseins qui m'avaient été confiés. Mon sang-froid !… j'étouffais, sous ma pâleur. Et vous, qui saviez la vérité, l'idée de me démasquer ne vous est pas venue, colonel ?

— Cayétano ! s'écrièrent à la fois doña Maria et Laura suppliantes.

— C'était votre devoir, señor, continua le jeune homme ; vous portez les couleurs du roi d'Espagne, et vous savez que je suis son ennemi.

— Vos discours de ce matin, répondit le colonel avec gravité, tombaient dans l'oreille de votre hôte, car vous étiez chez vous. L'officier du roi les a oubliés, et votre courtoisie ne doit pas les lui rappeler.

— Pourquoi donc, colonel ? Moi, je vous remercierais de mettre à ma disposition votre liberté ou votre vie.

— Assez, dit avec sévérité doña Maria ; en l'absence de ton père, je suis là pour t'empêcher d'oublier que don Rodriguez est sous notre toit.

— Soyez sans crainte, ma mère ; les paroles d'un créole partent de trop bas pour offenser un Espagnol. Si nous avons l'audace de nous plaindre, le vice-roi a des cachots et l'inquisition des bûchers pour nous imposer silence. Si nous nous révoltons, on nous cravache et tout est dit. Est-ce vrai, colonel?

— Au revoir, señora, dit l'officier en s'inclinant devant doña Maria.

— Oui, partez, dit Laura à son fiancé.

— Sans répondre ! s'écria Cayétano. Tu vois bien que j'ai raison, cousine. Un créole ne peut insulter. A moins, ajouta-t-il les dents serrées, que le colonel ait oublié sa cravache, ou que le courage espagnol ne soit en réalité qu'une bravade.

Le colonel, prêt à sortir, se retourna :

— Par le ciel, dit-il, vous allez trop loin. La colère, l'ironie, même provoquées par la douleur, doivent avoir des bornes.

— Moi, de la douleur, de l'ironie ! répliqua Cayétano. Vous vous trompez. Je hais l'Espagne, je hais les Espagnols, et quant aux femmes qui les choisissent pour amants...

— Tu deviens infâme, s'écria doña Maria, et tu vas me faire rougir de toi.

Le colonel s'éloignait. Bondissant jusqu'au trophée, Cayétano s'arma d'une épée et lui barra le passage :

— Vous ne comprenez donc pas, dit-il, que j'ai le cœur plein de rage, que j'ai besoin de me réhabiliter à mes propres yeux de la lâcheté que je viens de commettre en déguisant mes sympathies, de me venger des insultes faites à ma race par les hommes de la vôtre ? En garde, señor, et rendez-moi le service de me tuer.

Menacé par l'arme de Cayétano, le colonel tira son épée. Doña Maria et Laura se précipitèrent sans hésiter entre les deux antagonistes.

— Bas les armes ! bas les armes ! dit en même temps une voix impérieuse.

Le capitaine venait d'entrer, appuyé sur Huétoca, et promenait autour de lui des regards interrogateurs.

— Jette cette épée, continua-t-il en s'adres-

sant à son fils ; je le veux. Par le roi, jeunes
gens, voici une aventure dont j'ai peine à me
rendre compte. Que se passe-t-il ? et qui donc
est le provocateur ?

— Moi, répondit Cayétano ; j'ai forcé le colonel à se défendre.

— Tu es un lâche, alors, dit le vétéran avec
sévérité, car l'Indien des savanes, tout sauvage
qu'il est, respecte son ennemi tant qu'il foule
l'enceinte de son foyer. Approche : quoi qu'il
ait dit ou fait, don Rodriguez est notre hôte
et, moi vivant, je ne laisserai pas violer dans
ma demeure la loi sainte de l'hospitalité. Ex-
cuse-toi donc et prie le colonel d'être assez
généreux pour oublier ton action, pour te
tendre la main.

— Jamais, répondit Cayétano.

— Quoi ! mon fils me brave ! Par la Vierge,
je devais m'y attendre après l'avoir entendu
parler hier et ce matin. Tu ne connais pas ma
colère, Cayétano ; ne la provoque pas. Excuse-
toi, je le veux.

— Et pour la première fois, mon père, ré-

pondit le jeune homme d'une voix étranglée,
je vous désobéis.

Les yeux du vétéran s'enflammèrent, il se
redressa. La main droite étendue, il s'avança
vers son fils :

— Je veux, répéta-t-il.

Cayétano ne bougea pas.

— Sois donc maudit ! s'écria le vieillard hors
de lui ; tu n'es plus mon fils.

— Arrête, au nom du Christ, dit doña Maria ;
tu ignores...

— Pas un mot, reprit impérieusement le
capitaine ; je le défends. Ton bras, ma chère ;
rentre chez toi, Laura, et vous, colonel, aidez-
moi à gagner le jardin, je vous prie.

L'officier voulait parler ; il comprit que toute
intervention de sa part, à cette heure terrible,
serait mal venue. Laura s'avançait vers son
cousin ; sur un mot de son oncle, elle s'arrêta
et s'enfuit en sanglotant. Cayétano, droit,
livide, immobile, regarda son père qui, appuyé
sur doña Maria et le colonel, se retirait avec
lenteur. Prêt à franchir le seuil du salon, le

vétéran tourna la tête ; il espérait voir son fils accourir vers lui, se jeter à ses pieds et l'implorer. La contenance hautaine du jeune homme, qui ne semblait voir que Rodriguez, acheva d'exaspérer le vieux soldat. Il leva le bras pour répéter son anathème :

— Plus devant moi ! s'écria doña Maria suffoquée ; si tu ne veux me voir mourir, je t'en conjure, plus devant moi !

Et elle entraîna son mari.

Demeuré seul, Cayétano sentit ses nerfs se détendre. Sa colère tomba brusquement ; il s'assit, se couvrit le visage de ses deux mains et demeura pensif.

— La vie a donc de ces réalités terribles que la raison ne peut prévoir, pensait-il ; et la fatalité n'est pas tout à fait un vain mot. Ce matin, au lever du soleil, toutes les joies du monde semblaient m'appartenir, et le malheur me paraissait une de ces chimères comme en créent les nourrices pour dompter la colère d'un enfant. Celle que j'aime en aime un autre, et mon père vient de me maudire.

Il demeura longtemps absorbé, puis un léger bruit lui fit relever la tête. Huétoca, marchant avec précaution, bien que ses pieds fussent nus, s'avançait vers lui.

— Que veux-tu? lui dit son maître.

— J'ai tout entendu, señor, répondit le métis, et je viens vous demander quelles sont vos intentions?

— Rejoindre cet Espagnol, le tuer, s'écria l'ingénieur qui se leva.

— Et tuer du même coup doña Laura qui l'aime, qui ne vous pardonnerait jamais sa mort; sans compter, ajouta le métis, que vous seriez fusillé après-demain.

— Que m'importe !

— Vous oubliez, señor, qu'un chien vivant vaut mieux qu'un évêque mort. Il me semble, sauf meilleur avis, que vous avez un moyen bien plus simple de vous venger, non seulement de ce colonel, mais aussi de ce capitaine qui vous a pris votre cheval d'une façon si... désagréable. C'est de rejoindre don Luis.

Cayétano tressaillit. Il avait la fièvre; la co-

lère, la haine, la jalousie troublaient son esprit.
Rejoindre Luis, combattre les Espagnols, les
vaincre, quelle perspective ! C'était s'exposer
à une mort ignominieuse, mais cette mort ne
serait pas inutile, elle enfanterait peut-être la
liberté. Cayétano, oubliant son père et sa mère,
se voyait déjà, une arme à la main, en face du
colonel. Il parcourait le salon à grands pas, et
son pied heurta soudain l'épée dont son père
l'avait forcé de se dessaisir.

— Va seller les chevaux sans bruit, dit-il à
son serviteur.

— C'est fait, señor ; j'ai même donné ordre
de les conduire dehors ; ils nous attendent.

— Viens donc, dit l'ingénieur, et, si nous ne
pouvons vaincre, nous prouverons du moins
aux oppresseurs de notre pays que nous savons
mourir... Partir ! s'écria-t-il en regardant autour de lui ; fuir comme un malfaiteur cette
maison qui abrita mon enfance, qui renferme
tous les êtres qui me sont chers, que je ne
reverrai peut-être jamais ! O ma mère, que de
pleurs votre fils va vous coûter encore !

Cayétano s'agenouilla un instant près du fauteuil où doña Maria avait coutume de s'asseoir, et Huétoca, ému et stupéfait, l'entendit pleurer. Se relevant soudain, le jeune homme s'éloigna d'un pas rapide.

— Maintenant, señor, lui dit à mi-voix Huétoca qui l'avait devancé dans la rue et lui tenait l'étrier, vive le Mexique ! et mort aux Gachupinès ! Seulement, veillons à ne pas nous laisser pendre avant de les avoir vus fuir au moins une fois ; ce serait maladroit.

Le métis enfourcha à son tour sa maigre monture et, au comble de ses vœux, suivit son maître en chantonnant :

> Diran que somos locos,
> Sera de los piés ;
> Porque de la cabeza
> Cualquiera lo es (1).

Les deux cavaliers venaient à peine de s'éloigner, que doña Maria et Laura apparais-

_____

(1) On dira que nous sommes fous ; mais il s'agira de nos pieds, attendu que de la tête tout le monde est fou.

saient à la fois dans le salon vide ; elles se
regardèrent alors avec inquiétude, pour aller
bientôt s'agenouiller devant la statuette de la
Vierge, que le trophée couronnait de glaives.

VII

Encore troublé par le souvenir de la scène
durant laquelle il avait été maudit, Cayétano,
à peine en selle, prit la direction qui pouvait
le conduire avec rapidité sur la route de Guanajuato. Mais arrivé dans un faubourg, il se
ravisa, revint sur ses pas et se dirigea vers
le couvent de Saint-François. Malgré sa préoccupation, il remarqua vite qu'une émotion
inaccoutumée troublait la quiétude séculaire
de la ville. Les bourgeois qui, drapés dans
leurs manteaux en dépit de la chaleur, se plai-
saient d'ordinaire à deviser des heures entières
à l'encoignure des rues, se saluaient crainti-
vement au passage, ne s'arrêtaient que pour
échanger quelques mots à mi-voix et se hâtaient
de se séparer à l'apparition d'un passant pour
eux suspect. C'est qu'ils venaient d'apprendre

que le tribunal du saint office allait siéger en permanence et que plusieurs créoles, soupçonnés de libéralisme, avaient été arrêtés durant la nuit.

De temps à autre, Cayétano se croisait avec un lancier ou un dragon, porteur de grands plis scellés de rouge. Le soldat était suivi dans sa marche hâtive par le regard narquois de métis qui, assis sur le bord des trottoirs, étalaient au soleil leur quasi-nudité. Ces lazzaroni, désignés à Mexico sous l'énergique surnom de *lépéros,* étaient alors ce qu'ils sont encore aujourd'hui, de cyniques paresseux, aussi célèbres par leur fanatisme que par leur promptitude à se servir du couteau caché dans leur ceinture pour vider le plus futile différend. Frondeur, voleur, n'aimant que lui, le *lépéro* n'a jamais pris part que pour piller aux incessantes révolutions de son pays ; c'est un Diogène inconscient.

A cette époque déjà si lointaine, les nouvelles des villes intérieures du Mexique étaient lentes à parvenir jusqu'aux habitants de la capitale qui, en dehors des négociants amenés par leurs affaires et qu'ils interrogeaient avec avidité, possédaient pour unique source de renseignements une gazette minuscule paraissant une fois par semaine. Cette feuille, du reste, ne renfermait d'autre partie politique que la colonne où son rédacteur insérait les avis que le vice-roi voulait porter à la connaissance de ses administrés. En ce qui touchait les affaires d'Europe, le Mexique apprenait de temps à autre, à l'arrivée des navires venant de la Havane, la destruction des armées de Bonaparte par les armées de la junte de Cadix, et croyait que la paix la plus profonde régnait sur l'immense surface du vieil empire de Charles-Quint.

Néanmoins, en dépit des précautions prises pour les dissimuler, les troubles des environs de Guanajuato commençaient à être connus, et la gazette, bien que ce fût pour en amoindrir la gravité, avait daigné y faire allusion. Que se passait-il, en réalité? Les esprits s'en préoccupaient beaucoup. On avait vu un bataillon partir à la hâte. Un régiment complet — force

considérable dans un pays qui comptait à peine
dix mille soldats et dans lequel, depuis nombre
d'années, cent hommes commandés par un capitaine suffisaient à maintenir l'ordre dans une
province entière — se disposait à se mettre en
route. Qui donc ces troupes allaient-elles combattre ? Le public l'ignorait encore. Seul, le
vice-roi savait depuis vingt-quatre heures que
le curé Hidalgo, desservant de la bourgade de
Dolorès, venait d'appeler aux armes les Indiens
de son district. A la tête d'une multitude fana-
tique, ayant pour bannière une image de la
Vierge de Guadalupe, le prêtre insurgé se rap-
prochait de Guanajuato, avec le dessein évident
de s'emparer de la ville, surtout des munitions
et des richesses qu'elle renfermait. Au moment
où il songeait à gagner les hauteurs du bois de
la Cruz, Cayétano ne se doutait guère que l'in-
cendie dont il avait vu la première étincelle
embrasait déjà tout le pays où il comptait guer-
royer.

Bien résolu à rejoindre don Luis, à le secon-
der de son énergie et de son savoir, à ris-

quer sa vie pour rendre son pays libre, l'ingénieur voulait agir avec prudence. Parvenu
dans le faubourg de Belen, il mit pied à terre
dans la cour d'une hôtellerie, où les maqui-
gnons du plateau central, lorsqu'ils amenaient
à Mexico des chevaux à vendre, se donnaient
volontiers rendez-vous. Là, après les mille
pourparlers qu'exigent encore au Mexique les
moindres marchés, le jeune homme troqua sa
monture et celle de son serviteur contre deux
excellentes bêtes qu'il sut choisir en connaisseur. Huétoca, ravi, fut chargé d'équiper avec
soin les deux chevaux, de façon qu'ils fussent
prêts à se mettre en route le lendemain matin.

Évitant de passer près de la maison de son
père, ou même de traverser des rues par trop
fréquentées, Cayétano se rendit ensuite au
palais du vice-roi. Il expliqua que, en face des
événements dont il avait été témoin et dont
l'envoi d'une petite armée à Guanajuato lui faisait pressentir la gravité, il considérait comme
un devoir de retourner à son poste. Il sollicita
donc un passeport qui lui permît de cheminer,

en compagnie de Huétoca, soit avec les troupes prêtes à partir, soit isolément. Le nom qu'il portait, sa position d'ingénieur royal, firent obtenir au jeune homme, avec moins de difficultés qu'il le craignait, le sauf-conduit dont il avait besoin. Vers cinq heures du soir, satisfait de sa démarche, il retrouva Huétoca qui, de son côté, avait utilement employé son temps, ainsi que devait l'apprendre son maître vingt-quatre heures plus tard.

Après son souper, Cayétano, trop tourmenté par ses pensées pour songer au sommeil, parcourut la ville au hasard. Rien de plus morne, à cette époque, que la belle capitale du Mexique aussitôt que l'*Angelus* avait sonné, et que la lune ne brillait pas au ciel. Les lourdes portes bardées de fer |de toutes les demeures se fermaient hermétiquement, à l'exception de celles de quelques débits de boissons fermentées qui, en vertu de permissions, restaient ouvertes jusqu'à neuf heures. Des veilleurs de nuit, pourvus de lanternes et armés de hallebardes, tout comme au moyen âge, s'établissaient alors au coin des rues, et leur voix, d'heure en heure, réclamait des prières et annonçait l'état de l'atmosphère. Drapés dans de longs manteaux bruns, qu'un créole n'avait le droit de porter que moyennant une assez forte redevance, des amoureux rasaient les murailles pour aller se poster sous les fenêtres de leurs fiancées, et de là épier un regard furtif. La sévérité des mœurs locales, qui faisait de chaque habitation une sorte de couvent, ne permettait guère aux jeunes gens des deux sexes de se voir autre part qu'à la promenade, à l'église, ou de cette façon clandestine. Cayétano, dans sa marche nocturne, effaroucha plus d'un couple et se trouva soudain en face de la maison de son père.

Il demeura là en contemplation, avec le désir secret de voir entrer ou sortir le colonel. Une lumière brillait derrière les fenêtres du salon ; si le jeune homme avait pu soulever les rideaux, il eût vu sa mère et Laura, qui, attentives à tous les bruits de la rue, l'attendaient anxieuses. Une ronde de nuit, au chef de la-

quelle il se serait vu forcé de révéler son nom,
obligea l'ingénieur à battre en retraite. Il re-
gagna son hôtellerie. Le lendemain, au petit
jour, il dépassait, avec les souhaits de bon
voyage de l'officier qui venait d'examiner son
passeport, la porte de San Cosme.

L'âme de Cayétano souffrait cruellement.
Bien qu'il fît tous ses efforts pour ne songer
qu'à la grave détermination qui allait le mettre
en rébellion ouverte contre ceux qu'on l'avait
élevé à considérer comme des maîtres naturels,
la pensée du jeune homme le ramenait sans
cesse vers son père et sa mère, que sa conduite
allait achever de désoler, vers Laura qui bientôt ne serait plus libre. Il l'avait revue, plus
belle, plus séduisante encore qu'il ne la rêvait
alors qu'il se hâtait pour être plus vite à ses
côtés ; et voilà que, par la fatale discrétion des
siens, par la sienne même, c'en était fait de
ses projets d'avenir ! Il ne pourrait plus oublier
la jeune fille, et il allait vivre avec ce cauche-
mar qu'elle appartenait à un autre, que tout
espoir lui était interdit ! Dans sa colère, il avait

reproché à sa cousine de s'être laissé séduire
par le prestige dont jouissaient les hommes
nés de l'autre côté de l'Océan. C'est qu'au
nombre des griefs nourris par les créoles contre
les oppresseurs de leur pays, figurait, comme
le plus ardent peut-être, celui qui faisait que
toutes les Mexicaines distinguées par leur
naissance, leur richesse ou leur beauté, accep-
taient plus volontiers la main des Espagnols
que celle de leurs compatriotes. Les femmes,
en général, n'aiment guère le second rang, et
la vanité des jeunes créoles trouvait plus de
satisfaction à s'appuyer sur le bras d'un maître
que sur celui d'un subordonné. Mais, adressé
à Laura, le reproche était injuste. Élevée dans
la vénération de son oncle, auquel sa sagesse
et sa loyauté, au moins autant que sa vail-
lance cent fois prouvée, valaient une considération toute particulière, la jeune fille n'avait
pas été uniquement séduite par la nationalité
du colonel Rodriguez. Le cœur libre, elle avait
accepté sans répugnance ni enthousiasme une
union qui flattait l'orgueil de son oncle, lequel

aimait et admirait le colonel à la fois comme homme et comme Espagnol. Mais l'officier ne se trompait pas dans ses craintes : si la séduisante créole l'acceptait pour époux, c'était plus par sympathie, par amitié, que par un entraînement de son cœur.

Cayétano, désespéré d'avoir bravé son père, pour lequel son amour et son respect étaient sans bornes, avait d'abord songé à lui écrire, à lui demander pardon, à le supplier de retirer l'anathème dont il l'avait frappé. Toutefois, si pesante que parût à l'ingénieur cette malédiction arrachée au vétéran par la colère, devait-il la racheter en affectant un repentir qu'allaient bientôt démentir ses actions ? Révéler sa résolution de combattre les Espagnols, c'eût été blesser de nouveau, et cette fois au cœur, le loyal soldat qui avait pour devise : « Dieu et le roi », achever de désoler doña Maria. Mieux valait donc laisser ces chers êtres dans une anxiété qui, bien que douloureuse, le serait moins encore que la connaissance de la vérité.

Quant au colonel, son seul souvenir faisait
bouillonner le sang de l'ingénieur et chassait
de son esprit toute hésitation dans ses projets
de rébellion, tout regret des événements passés. Que de motifs pour abhorrer cet homme,
cet Espagnol ! Laura l'aimait, elle allait être à
lui, et il ne l'avait pas tué ! Grâce à ses résolutions, Cayétano espérait bien se retrouver un
jour face à face avec l'officier sur un champ de
bataille. Et cependant, à mesure qu'il raisonnait avec plus de sang-froid, il ne pouvait se
défendre de rendre justice à la modération,
aux façons courtoises de son rival. Don Rodriguez n'avait ni la rudesse de la plupart de
ses compatriotes, ni leur ignorance présomp-
tueuse, ni leur morgue insolente ; loin de
parler avec mépris des créoles, il n'avait pas
dissimulé que l'ordre social établi au Mexique
lui semblait imparfait. En somme, bien que
poursuivi par l'idée de se mesurer tôt ou tard
avec lui, l'esprit juste et loyal de Cayétano
lui fit bientôt rendre justice aux sentiments
élevés de l'officier, qu'il estimait comme homme

s'il le détestait comme Espagnol et surtout comme futur époux de Laura.

Rasséréné par la vue grandiose, imposante, de la belle vallée qu'il traversait, jardin à l'éternel printemps que dominent trois volcans aux sommets couverts de neiges perpétuelles, l'ingénieur sentit peu à peu son irritation s'apaiser. Son âme droite, chevaleresque, eut insensiblement raison des colères qui, depuis la veille, l'agitaient et la troublaient. Chrétien convaincu, le jeune homme courba la tête sous la main de Dieu, accepta avec résignation l'épreuve qui lui était infligée et, se souvenant des nobles paroles de sa mère, il oublia son propre bonheur pour ne songer qu'à celui de Laura. Chassant de son esprit toute idée d'injuste vengeance, il employa sa volonté à faire taire ses griefs d'amoureux déçu, pour n'écouter que ceux bien autrement graves, quoique moins douloureux, qui le blessaient comme Mexicain.

Au fond, sa conscience ne laissait pas de s'alarmer de ce rôle d'insurgé qu'il allait pren-

dre, et il sentait le besoin de se justifier à ses
propres yeux de la détermination qui l'entraî-
nait loin de Mexico. En rejoignant don Luis,
en s'associant à ses desseins, il ne voulait
obéir ni à un secret dépit, ni à une aveugle
rancune. Il allait être excommunié, voir sa tête
mise à prix, vivre en fugitif, sans cesse menacé d'une balle ou d'une mort infamante. La
rencontre soudaine de pauvres Indiens qui,
humbles, à demi nus, passèrent en le regardant
d'un air craintif, l'impressionna et leva ses
scrupules. Il se dit que don Luis avait raison ;
il fallait rendre à l'humanité ces six millions de
parias condamnés par les oppresseurs à une
existence presque bestiale, et que les lois coloniales qualifiaient avec cruauté « d'êtres irra-
tionnels », afin de les mieux opprimer. La
guerre aux Espagnols apparut à Cayétano
comme un devoir. Dans cette entreprise har-
die, il fallait envisager non le présent, mais
l'avenir, le but, non le péril, et, ainsi que le
déclarait avec énergie don Luis, conquérir enfin une patrie.

Vers dix heures du matin, les deux fugitifs cheminaient déjà hors du cercle de culture qui formait alors une large ceinture à la ville dont ils s'éloignaient. La campagne, animée, fleurie, souriante, semblait s'étendre comme un vaste parterre jusqu'au pied des montagnes qui ferment la vallée. Cayétano dépassa plusieurs bandes d'Indiens cultivateurs, puis deux *rancheros* dont les chevaux marchaient au pas. A l'approche de l'ingénieur, les deux cavaliers s'écartèrent pour lui livrer passage, le saluèrent avec déférence, puis se rangèrent près de Huétoca, dont ils prirent l'allure. A une demi-lieue plus loin, quatre nouveaux métis qui, ayant mis pied à terre, se reposaient à l'ombre d'une haie, sautèrent sur leurs chevaux à la vue de la petite cavalcade et, après s'être inclinés devant Cayétano, allèrent grossir l'escorte de son serviteur. Tous ces hommes, admirablement montés et équipés, étaient dans la force de l'âge. L'ingénieur ne s'étonna qu'à demi de leur manœuvre ; c'était, à cette époque, une coutume assez ordinaire,

au Mexique, de marcher de conserve lorsqu'on
suivait une même direction, afin de se prêter aide ou appui sur des routes mal entrete-
nues.

Vers onze heures, Cayétano approchait d'un
village où il comptait déjeuner et laisser passer
l'ardeur du soleil, lorsqu'il fut rejoint par Huétoca, qui le salua militairement.

— Votre grâce, dit le métis, juge-t-elle bon
que nous entrions réunis dans ce village? ou
croit-elle prudent d'ordonner à ses soldats de
se disperser pour se rallier sur un point qu'elle
voudra bien indiquer?

— Quels soldats et que veux-tu dire? demanda le jeune homme avec surprise.

— Je ne suis pas le seul au monde, señor,
répondit Huétoca, que le désir de voir fuir les
Espagnols empêche de dormir. Hier, dans
l'hôtellerie, j'ai parlé des aventures du bois de
la Cruz et donné à entendre que je regrettais de
n'être pas au nombre de ceux qui ont battu les
lanciers du roi. Plusieurs des braves gens qui
m'écoutaient, enthousiasmés par mes révéla-

tions, ne m'ont pas dissimulé qu'à ma place ils seraient restés avec don Luis, et ils m'ont questionné sur le moyen de le rejoindre. Alors, discrètement, je leur ai donné à entendre que vous vous rendez à Guanajuato, et que...

— Veux-tu donc nous faire fusiller? s'écria Cayétano.

— Au contraire, señor, je veux nous mettre en état de fusiller les autres. Les cavaliers qui nous suivent sont gens de ma race; de même que moi ils ont sur les épaules un certain nombre de coups de plat de sabre dont ils sentent encore la cuisson, et que, par pure charité, ils voudraient bien rendre à ceux qui les leur ont administrés. Or, si vous voulez les aider à se procurer cette satisfaction, ils sont prêts à vous reconnaître pour chef. Nous sommes déjà huit; ce soir, à la ferme du Gavilan, nous devons être rejoints par six autres compagnons qui, par prudence, viennent en arrière. Vous voilà donc capitaine et moi sergent, en attendant que vous deveniez général et moi colonel.

— Tu es ambitieux, dit Cayétano qui ne put s'empêcher de sourire du ton convaincu de Huétoca; mais, bien que je rende justice à ton zèle, je ne sais si je dois approuver ton indiscrétion. Il y a loin d'ici à Guanajuato, et il suffit d'un mot pour nous faire arrêter, emprisonner et périr, avant que nous ayons rien tenté pour mériter un pareil sort.

— Je ne suis pas un enfant, señor, répliqua le métis, et, bien que je sois disposé à la voir trouer en combattant les Espagnols, je tiens trop à ma peau pour l'exposer à la légère. Les garçons que je vous ai récoltés sont mes amis, et je réponds d'eux comme de moi. Ils connaissent nombre de gens sur cette route, qu'ils sont accoutumés à parcourir, et, s'ils ne se trompent pas trop dans leurs calculs, nous arriverons au camp de don Luis à la tête de cinquante cavaliers qui constitueront un véritable renfort. Ne voulez-vous pas dire un mot d'encouragement à ces braves? Ils vous connaissent par moi et ne demandent qu'à vous obéir.

Cayétano ne répondit pas sur l'heure. Quoique irrévocablement résolu à se jeter à corps perdu dans la lutte qui venait de commencer, l'ingénieur, en somme, n'avait fait encore aucun pas compromettant, et il pouvait revenir en arrière. L'image de Laura souriant au colonel passa devant ses yeux; il arrêta aussitôt sa monture, fit volte-face et attendit les cavaliers. Alors, d'une voix brève, saisissante, il leur parla de la servitude qui les condamnait à une misère éternelle et leur énuméra les souffrances, les périls auxquels leur rébellion allait les exposer. S'échauffant peu à peu, il montra, comme résultat possible de leurs sacrifices, le Mexique libre et gouverné par des Mexicains, sans distinction de races ou de castes. Ces dernières paroles furent accueillies par des acclamations, et les cris de « Mort aux intrus! vive la liberté! » retentirent dans l'immense vallée où, depuis plus de trois siècles, les Espagnols régnaient en maîtres incontestés.

A dater de cette heure décisive, la petite troupe abandonna la grand'route et suivit de préférence les sentiers, évitant de traverser

non seulement les villes, mais les villages. Elle
cheminait avec rapidité, mesurant toutefois
ses étapes de façon à ne pas mettre ses chevaux hors de service. Le soir, elle campait
autant que possible près des fermes, parmi les
travailleurs desquelles Huétoca et ses compagnons manquaient rarement de faire de nouvelles recrues. Cayétano, surpris de voir chaque
matin ses partisans plus nombreux, se con-
vainquit que le peuple était plus mûr qu'il ne
l'avait supposé pour l'œuvre de délivrance
rêvée par don Luis. L'espoir entra dans son
cœur, et il s'applaudit de sa résolution.

Le rêve de Huétoca était que la troupe dont
il se considérait comme le chef en second
comptât un peu d'infanterie ; aussi s'aventurait-
il parfois à prêcher les Indiens que l'on rencontrait. Par malheur, il n'avait pas d'armes à
leur donner ; il les engageait donc à se rendre
au camp de don Luis. Plus de vingt de ces
pauvres diables, alléchés par l'idée d'échapper
enfin à la servitude déguisée qui les attachait
au domaine sur lequel ils étaient nés, et surtout

par la perspective de posséder un jour un coin
de terre, se mirent en route pour le rendez-
vous désigné.

Cayétano, d'ordinaire, afin de pouvoir suivre
plus librement ses pensées, marchait en avant
de ses cavaliers qui, cinq jours après la sortie
de Mexico, dépassaient déjà le chiffre de
soixante. Aux heures de repos, aussitôt sa petite troupe bien installée et pourvue de vivres,
l'ingénieur s'établissait assez loin du bivouac
pour n'être troublé par aucun bruit, et demeu-
rait absorbé. Presque à chaque heure de la
nuit, les sentinelles le voyaient se promener
de long en large, ou, assis solitaire près d'un
foyer, le menton appuyé sur la main, se tenir
immobile et pensif. Les Mexicains se plaisent
à donner des surnoms. Frappés de l'attitude
réfléchie habituelle à leur chef, les cavaliers le
désignèrent bientôt entre eux sous le nom du
Pensativo, nom que le jeune capitaine, désireux
pour son père de garder l'incognito, se hâta
d'adopter.

La vue de la guérilla, son attitude belli-

queuse, surprenaient beaucoup les rares voyageurs ou les muletiers avec lesquels elle se
croisait et qui s'inquiétaient d'abord de sa rencontre. Mais la tenue sévère et pacifique de
ses cavaliers, dont Cayétano surveillait alors
avec soin le défilé, rassurait bientôt les plus
timorés. On échangeait quelques propos, les
partisans criaient : Vive la liberté! et plus d'un
passant, sans y être convié, répétait ce cri avec
enthousiasme.

Dans l'après-midi du sixième jour de marche,
on gravit enfin le premier contrefort de la Cordillère. On approchait du camp de don Luis, et
Cayétano espérait l'atteindre avant la nuit.
Depuis le matin on avait rejoint la grand'route
qui se montrait déserte. Si jusqu'alors on avait
cheminé avec confiance, sans se préoccuper
des troupes que l'on précédait, il fallait maintenant avancer avec précaution, dans la crainte
de se heurter contre les soldats qui, d'après
les renseignements fournis par des Indiens,
assiégeaient les positions des insurgés.

Après avoir choisi deux de ses cavaliers les

11

mieux montés, Cayétano les lança en avant, avec l'ordre de rabattre vers lui à la moindre cause d'alerte. Ces hommes partis, il inspecta avec soin sa petite troupe, lui recommanda le sang-froid, la confiance au cas où l'on se trouverait à l'improviste en face des Espagnols, et réclama d'elle une obéissance absolue. Ses paroles calmes, énergiques, résolues, furent accueillies par des vivats enthousiastes, et la marche allait être reprise lorsque les éclaireurs reparurent.

— L'ennemi ! crièrent-ils en arrivant au galop.

— Nombreux ? demanda Cayétano.

— Nous avons, señor, compté plus de cent cavaliers.

— Espagnols ou miliciens ?

— Espagnols.

Il y eut un moment d'émotion parmi les insurgés ; l'idée d'avoir à se mesurer contre les Espagnols rendit sérieux les plus braves. Tous les regards se fixèrent sur Cayétano qui, impassible, examinait le terrain. A droite s'éten-

dait une plaine labourée, à gauche un sol ro-
cailleux, inculte, semé de bouquets d'arbres.
L'ingénieur divisa sa troupe en deux bandes,
posta l'une près de la route et conduisit l'autre
derrière les arbres les plus proches.

— A l'ennemi! cria un jeune cavalier peu
satisfait d'avoir à se cacher.

— Sois tranquille, lui dit Cayétano, je te le
ferai voir tout à l'heure d'assez près pour avoir
la juste mesure de ton courage. Reste ici, continua-t-il en s'adressant à Huétoca : veille à
ce que personne ne se montre, et sois digne
du grade que tu ambitionnes. Comprends-moi
bien : avec ceux de nos compagnons qui sont
là-bas, je vais engager la lutte contre les Espagnols. Je les connais, ils courront droit sur
nous; feignant de fuir, nous battrons en retraite
de ce côté, comme pour chercher ici un abri.
Lorsque ceux qui nous poursuivront arriveront
à cette hauteur, commande le feu et veille à ce
que l'on tire juste, c'est-à-dire avec sang-froid.

Tandis que Huétoca, fier de son rôle, disposait ses cavaliers, Cayétano rejoignait ceux

qui devaient opérer avec lui. Il ne doutait pas
de la bravoure de ses partisans, presque tous
accoutumés aux dangers de la chasse aux tau-
reaux sauvages ; mais ils allaient avoir à se
battre contre des soldats aguerris, disciplinés,
devant lesquels ils étaient accoutumés à se
courber depuis leur enfance, et l'épreuve était
périlleuse. Néanmoins l'ingénieur était résolu
à la tenter. Il ne voulait pas, dès sa première
rencontre avec les Espagnols, fuir sans même
échanger une balle avec eux, et perdre à la
fois l'occasion de tâter sa petite troupe et de
lui prouver, par un acte de courage, qu'il était
digne de la commander.

L'ingénieur venait à peine de se poster au
milieu de la chaussée qu'il vit paraître au loin
les Espagnols. Ses éclaireurs avaient bien vu ;
les cavaliers, en tête desquels marchaient deux
officiers, comptaient au moins cent hommes.
Mais Cayétano demeura surpris de voir parmi
eux des lanciers, des dragons, des artilleurs,
voire quelques fantassins portant leurs fusils
en bandoulière et montés sur des chevaux di-

versement équipés. Que signifiait ce mélange de soldats appartenant à des armes différentes? Ils ne pouvaient venir que de Guanajuato, et semblaient fatigués par une longue marche. Était-ce là une patrouille en reconnaissance, des fugitifs, ou des maraudeurs en expédition? Cayétano n'eut pas le loisir d'approfondir cette question. Sa petite troupe venait à son tour d'être aperçue, et le mot : Halte! prononcé par un des officiers, arriva jusqu'à lui.

Les Espagnols examinaient avec curiosité les partisans ; ils semblaient surpris et indécis. Cayétano les salua de son épée et poussa un cri de : Vive la liberté! aussitôt répété par ses soldats. Obéissant avec rapidité à un ordre de leur chef, les cavaliers espagnols se formèrent sur trois rangs ; puis, tirant leurs sabres, ils se précipitèrent au galop sur la pente au bas de laquelle se tenait Cayétano.

— Feu! cria l'ingénieur dès qu'il vit l'ennemi à bonne portée.

Une décharge de tous les mousquets, exécutée avec précision, atteignit plusieurs Espagnols, sans toutefois ralentir l'élan de leurs compagnons. Ils inclinèrent vers la droite, et, au lieu de répondre au feu qu'ils venaient d'essuyer, coururent sur les insurgés. Ceux-ci, sur l'ordre de leur jeune chef, tournèrent bride, battirent en retraite vers le bouquet d'arbres derrière lequel Huétoca se tenait embusqué, et le dépassèrent. Cayétano, qui marchait le dernier, regardait avec colère les officiers espagnols galoper à sa poursuite, cravache en main. Soudain, la troupe de Huétoca commença sa fusillade.

— Assez fuir ! cria Cayétano. Volte-face et en avant, garçons, en avant !

Et, sans s'inquiéter s'il était suivi, il marcha à la rencontre des soldats. Les Espagnols, un instant déconcertés par l'apparition de nouveaux ennemis et par le retour offensif de ceux qu'ils pourchassaient, supportèrent bravement le choc des cavaliers de Cayétano. Il y eut, pendant plusieurs minutes, une mêlée terrible à laquelle vint bientôt prendre part Huétoca, dont les cavaliers poussaient des cris de mort.

L'un des officiers espagnols fut tué, l'autre désarçonné. A cette vue, les soldats qui combattaient à leurs côtés regagnèrent la route. Ce fut le signal d'une débandade. Les Espagnols, après avoir jusque-là tenu tête à leurs ennemis, parurent céder à une panique et se mirent à fuir dans toutes les directions, quelques-uns vivement poursuivis. Les Mexicains avaient tué huit soldats, et quinze blessés gisaient sur le sol. Excités par le combat, enivrés par leur victoire, le cœur plein de haine, les vainqueurs massacrèrent plusieurs lanciers, parmi lesquels des blessés. Cayétano indigné eut bientôt à lutter pour que tous ses prisonniers ne subissent pas le même sort.

Par bonheur, son sang-froid, l'habileté de ses dispositions, la victoire qui couronnait son stratagème, et surtout le courage qu'il avait montré, venaient de conquérir au jeune chef l'admiration et la confiance de ses soldats improvisés. Lorsque froid, résolu, le pistolet au poing, il menaça de brûler la cervelle au lâche assez osé pour frapper ou insulter un prison-

nier, maintenant que toute lutte avait cessé,
son attitude et ses paroles énergiques ramenè-
rent les plus indociles à la raison, et l'humanité
triompha. Salué par des acclamations enthousiastes, il s'occupa, sans distinction, de ceux
que le fer ou le feu avait atteints. En somme,
e triomphe de la petite troupe lui coûtait
quatre morts et onze blessés, dont aucun assez
grièvement pour ne pouvoir cheminer à cheval.

Cayétano eut un moment d'embarras ; il eût
voulu emmener ses prisonniers, pour les
échanger, au besoin, contre ceux de ses soldats ou de ceux de don Luis que leur mauvais
sort ferait tomber dans l'avenir entre les mains
des troupes royales. Mais que faire des blessés?
Les abandonner, c'était les livrer à la cruauté
de la première bande d'Indiens qui les rencon-
trerait. L'ingénieur déclara donc à tous les
soldats qu'ils étaient libres, et qu'il ne gardait
comme otage que leur chef. Il demanda à celui-ci sa parole de ne pas fuir, afin de n'avoir
pas à le garrotter. L'Espagnol hésita longtemps;
la mort lui semblait préférable à l'humiliation

de remettre son épée à des gens de couleur,
commandés par un créole.

Une demi-heure plus tard, les partisans,
étonnés, électrisés par leur succès, se remet-
taient en route et emmenaient plusieurs chevaux chargés d'armes. Parvenus au sommet
de la côte, et prêts à pénétrer dans le bois de
la Cruz, ils se retournèrent. Au-dessous d'eux,
la plaine où ils venaient de combattre leur apparut inondée des feux vermeils du soleil cou-
chant, et ils virent les Espagnols valides con-
struire des litières de branchages pour emporter
leurs compagnons.

— Vive le Mexique! vive le Pensativo!
crièrent-ils.

Ces humbles de la veille étaient soudain devenus fiers. L'éternel Spartacus venait de briser
un des anneaux de sa chaîne, d'en frapper ses
maîtres au visage. Ces maîtres, il savait maintenant que le sang bleu qu'ils prétendaient
avoir dans les veines coulait rouge, que les
balles et le fer déchiraient leur chair comme
la sienne, qu'ils étaient des hommes et non

11.

des demi-dieux. Au bruit des acclamations,
Cayétano avait fait volte-face ; il répondit par
un cri de : Vive la liberté ! Il ordonna ensuite d'avancer au trot. La nuit approchait, et
il voulait atteindre au plus vite le camp de don
Luis, où il comptait trouver des vivres. On
rencontra des Indiens chargés de meubles et
de ballots.

— Les insurgés occupent-ils encore les hauteurs? demanda Cayétano.

— Ils sont à Guanajuato, señor.

— A Guanajuato ! répéta le jeune homme.

— Ignorez-vous donc, lui dit son prisonnier,
que vos compatriotes se sont emparés la nuit
dernière de la ville, et que les soldats que je
commandais sont, je le crains, les seuls qui
aient échappé au massacre de tous les gens
de sang blanc ?

Cayétano regardait les Indiens et l'officier
avec méfiance. Il ignorait, en effet, le soulèvement provoqué par le curé Hidalgo et ne pouvait admettre que don Luis, avec ses deux
cents hommes indisciplinés, eût été assez au-

dacieux pour marcher sur une ville défendue
par plus de six cents Espagnols. Toutefois
les Indiens, interrogés de nouveau, confir-
mèrent les paroles du prisonnier. Impatient,
Cayétano se lança au galop sur la route. Parvenu sur la hauteur où ses collègues de l'hôtel
des Monnaies avaient pris congé de lui, il y
trouva campés les partisans de don Luis. Bientôt il rejoignit le jeune chef, reçut de sa bouche
la confirmation de la prise de Guanajuato,
mais aussi la triste nouvelle du massacre de
tous les Espagnols, soldats ou citoyens, et du
pillage complet de la malheureuse cité.

VIII

Tandis que don Luis, joyeux de revoir son ami, l'instruisait en détail des événements survenus depuis qu'ils s'étaient dit adieu, la nuit s'épaississait et des feux s'allumaient non seulement sur les places de la ville, mais sur les pentes qui l'entouraient. Assis sur un point d'où ses regards plongeaient dans l'étroite vallée, Cayétano, tout en écoutant parler son compagnon, vit bientôt circuler, à la lueur fantastique des foyers sans cesse alimentés, et semblables à de véritables bandes de démons, des Indiens à demi nus, mal armés, chargés de butin, encore ivres des vins d'Espagne dont ils s'étaient gorgés le matin. Plusieurs des cavaliers de don Luis, en dépit des efforts de leur chef pour les retenir, avaient pris part au pillage de la ville ; toutefois le plus grand nombre restaient

dociles à ses ordres. Ils accueillirent avec cordialité les compagnons de Cayétano et parta-
gèrent avec eux les vivres qu'ils possédaient.

Quand son ami eut cessé de parler, l'ingénieur, sans révéler le véritable motif de son
retour, raconta sa sortie de Mexico, puis la
façon dont son ingénieux serviteur, rebelle
dans l'âme, l'avait pourvu d'une escorte qui,
se recrutant à chaque étape, était peu à peu
devenue assez nombreuse pour lui permettre
de combattre et de vaincre la pcignée d'Espagnols fugitifs rencontrés sur la route. Ravi
de ces nouvelles, et surtout de voir un homme
de sa condition se joindre à lui, don Luis embrassa son ami avec effusion. Il ne lui dissimula
pas le chagrin et les appréhensions que lui inspiraient les honteux désordres qui venaient
de suivre la prise de Guanajuato, désordres
de nature à provoquer l'indignation des créoles
eux-mêmes et à leur faire maudire la cause à
laquelle il importait tant de les rallier.

Du récit de don Luis, il résultait pour Cayétano qu'à l'heure où, retranché sur le sommet

qu'il avait fortifié, il luttait depuis six jours
avec avantage contre les soldats qui l'assiégeaient, le jeune chef avait été surpris de voir
l'ennemi abandonner ses travaux d'approche
et se retirer. Quelques heures plus tard, il apprenait par des Indiens que le curé du village de
Dolorès, Miguel Hidalgo, froissé par d'injustes
mesures du gouvernement colonial, avait, durant la nuit du 16 septembre, soulevé les fidèles dont il était le pasteur, et qu'à leur tête,
enrôlant au passage les indigènes des villages
voisins, il marchait sur Guanajuato. Comme
il doutait de la véracité de cette nouvelle et
croyait à un stratagème des Espagnols pour
l'attirer hors de ses retranchements, don Luis
s'était d'abord tenu coi. Convaincu enfin par
les détonations que lui apportaient les échos
qu'un combat se livrait du côté de la ville, il
avait marché au feu. A son arrivée, Guanajuato
était déjà la proie des Indiens qui, pleins de
haine pour les oppresseurs dont ils subissaient
le joug depuis des siècles, voyaient des ennemis
dans tout homme dont la peau différait de la

leur par sa couleur et massacraient au hasard amis et ennemis. En vain le jeune chef avait-il essayé de s'interposer ; sa voix n'avait été écoutée ni d'Hidalgo ni de ses lieutenants. Révolté des assassinats qu'il voyait commettre et des vols qui les suivaient, désireux de soustraire ses soldats à ce funeste exemple, don Luis les avait ramenés sur les hauteurs. Écœuré, décidé à regagner son camp, le jeune homme se réjouissait maintenant de sa détermination qui, à l'heure où il y songeait le moins, venait de le réunir à son ami.

— Nous serons libres, dit-il en achevant son récit, et mon rêve d'il y a quinze jours commence à devenir une réalité. Voilà les Indiens en armes et les excès dont ils se sont rendus coupables les empêcheront de revenir en arrière, d'implorer une grâce qu'on ne leur accordera plus. C'est leur vie qu'ils vont désormais défendre.

Les deux rebelles avaient trop de graves sujets d'entretien pour penser au sommeil, et leur veille se prolongea fort avant dans la nuit.

Le soulèvement des Indiens, que ni l'un ni l'autre ne croyaient possible, tant ces malheureux étaient abrutis par la servitude, pouvait, grâce au nombre de bras qu'il allait mettre au service de l'insurrection, devenir un rapide élément de triomphe. Mais par quels moyens réduire à l'obéissance passive ces hordes ignorantes, fanatiques, auxquelles leurs prêtres seuls inspiraient confiance? L'exemple donné par le curé Hidalgo allait-il être suivi par le clergé mexicain? Il y avait là un problème.

D'autre part, en face des événements si regrettables qui venaient de souiller ce premier succès, Cayétano et son ami prévoyaient avec douleur le caractère implacable qu'allait prendre la lutte à peine commencée. Les Espagnols, exaspérés, ne manqueraient pas d'exercer de terribles représailles, et l'on connaissait assez leur rudesse pour être certain qu'en fait de cruauté ils ne resteraient jamais en arrière. A n'en pas douter, la nouvelle du pillage et des meurtres qui venaient de suivre la prise de Guanajuato, rapidement répandue, exagérée,

exploitée, aurait un écho funeste d'une extrémité à l'autre du royaume. Plus d'un créole,
rêvant la liberté, repousserait avec horreur
une insurrection qui débutait par de pareils
méfaits ; plus d'un encore, connu pour ses opi-
nions libérales, expierait par l'exil, la prison,
la torture ou la mort, les crimes d'une multitude aveugle, que nul ne serait peut-être assez
puissant pour diriger.

A cette heure première, ni Cayétano, ni son
ami, ni aucun créole, ne songeaient à mécon-
naître les droits de la couronne d'Espagne, à
briser les liens qui l'unissaient au Mexique. On
voulait simplement éclairer le roi, l'amener à
considérer les Mexicains comme des citoyens,
à supprimer les lois qui traitaient en esclaves
tous les gens coupables d'avoir du sang indien
dans les veines. Ces idées, les jeunes gens le
découvrirent avec stupeur le lendemain, lors de
l'entrevue qu'ils eurent avec lui, le curé Hidalgo
ne s'en préoccupait guère. En soulevant ses
paroissiens, il n'avait obéi qu'à des rancunes
personnelles et n'avait aucun plan en tête.

Ignorant, borné, infatué de sa victoire, il
parlait de détruire et ne pensait guère à édi-
fier. Se croyant désormais invincible, il se préparait à marcher sur Mexico, avec l'intention
hautement exprimée de livrer la ville au pillage
et de fusiller non seulement les Espagnols,
mais tous ceux qui, d'une façon quelconque,
se montreraient leurs partisans. Cayétano et
don Luis essayèrent en vain de convaincre
le prêtre qu'il fallait, avant tout autre soin,
élaborer au nom du Mexique un manifeste
dans lequel on relaterait les griefs dont on
avait à se plaindre, manifeste qui porterait à
la connaissance du roi, et surtout à celle de
la partie éclairée de la nation, dont il importait
de s'assurer le concours moral, les motifs pour
lesquels on prenait les armes. Ce sage conseil,
écouté avec impatience, fut repoussé avec dédain. Dur et cruel par nature, Hidalgo ne rêvait
que massacres et ne songeait qu'à se venger
des supérieurs civils ou ecclésiastiques qui
avaient censuré sa conduite privée. Ce fut sur
le ton d'un maître qu'il répondit aux deux

jeunes chefs qui tentaient de l'éclairer, et ceux-ci se retirèrent attristés de sa nullité.

De retour sur les hauteurs, Cayétano et don Luis se communiquèrent leurs appréhensions. Dans les bandes qui accompagnaient Hidalgo, et que celui-ci refusait de soumettre à aucune discipline, les deux jeunes gens voyaient une cause de faiblesse plutôt qu'une garantie de force. A l'heure où l'on discutait, le vice-roi s'occupait sans doute de concentrer sur la route de la capitale toutes les troupes dont il pouvait disposer, c'est-à-dire sept ou huit mille hommes pourvus d'artillerie. Cette petite armée, en dépit de son infériorité numérique, était de taille à disperser en un instant les vainqueurs de Guanajuato, si par hasard ils commettaient la folie de s'exposer à ses coups. Donc, loin de chercher une grande bataille, dans laquelle les Espagnols auraient l'avantage de leur supériorité stratégique et celle de leurs armes, il fallait, au contraire, s'en garder avec un soin scrupuleux. D'après Cayétano, la seule tactique que l'on dût jusqu'à nouvel ordre opposer à l'ennemi

consistait à se diviser en vingt bandes, à opérer
sur vingt points différents, à le forcer à se diviser lui-même pour courir au secours des
villes que l'on menacerait. En reculant aujour-
d'hui devant les Espagnols, en les harcelant le
lendemain, en coupant leurs communications,
en escarmouchant le plus possible avec eux,
on les lasserait en même temps que l'on s'a-
guerrirait, et l'on apprendrait à manœuvrer.
De longs mois s'écouleraient sans doute avant
qu'on obtînt d'appréciables résultats ; mais le
jour viendrait où l'on pourrait se réunir, opposer aux oppresseurs une armée formidable par
le nombre, et leur dicter enfin des lois justes.

Résolus à suivre cette ligne de conduite, et
à séparer jusqu'à nouvel ordre leur fortune de
celle d'Hidalgo, les deux jeunes commandants
rassemblèrent aussitôt leurs partisans afin de
les instruire de leurs desseins. La petite troupe
se composait de métis et de mulâtres, qui, plus
intelligents que les Indiens, comprirent vite la
justesse des idées de leurs chefs. Le soir même,
les deux guérillas, fondues en une seule, se

mirent en marche et regagnèrent le sommet
où don Luis avait pu braver les Espagnols,
sans emporter d'autre butin que des vivres et
des armes.

Dès le lendemain de l'installation dans ce
camp retranché, que Cayétano s'occupa de
rendre plus inaccessible encore par des travaux de terrassements, don Luis, avec une pa-
triotique abnégation, fit reconnaître son ami
comme chef suprême e se déclara son lieutenant. Cayétano voulu décliner cet honneur;
les supplications de don Luis eurent raison de
sa résistance. Grâce aux leçons de son père,
qui avait longtemps rêvé de le voir soldat,
l'ingénieur était loin d'être novice dans l'art
militaire, et les partisans reconnurent vite
qu'ils possédaient en lui un véritable chef.

Aussitôt après cette nomination, Huétoca,
qui avait bravement payé de sa personne dans
le combat et avait vu fuir les Espagnols, n'appela plus son maître que « mon général ». De
sa propre autorité, le métis s'octroya le grade
de capitaine et prit la qualité d'aide de camp.

En dépit de ces hauts emplois, il resta, comme par le passé, le serviteur docile et dévoué de l'ingénieur.

Durant quinze jours, Cayétano et don Luis, animés du même zèle, s'occupèrent sans relâche de l'instruction militaire de leurs partisans, essayant de leur inculquer cet esprit de discipline que tous deux considéraient comme le gage assuré des succès qu'ils rêvaient dans l'avenir. Par bonheur, ils trouvèrent en eux des natures plus dociles qu'ils ne l'espéraient, et bientôt ils comptèrent trois cents cavaliers, bien équipés, bien montés, portant comme signe de reconnaissance, plutôt que comme uniforme, des vestes de drap bleu rachetées aux pillards des magasins militaires de Guanajuato. Un matin, à l'heure de ses manœuvres, la petite troupe vit soudain défiler au-dessous d'elle les bandes indisciplinées d'Hidalgo. Précédés d'une image de la Vierge de Guadalupe, leur patronne, les Indiens marchaient en chantant des cantiques et se partageaient à l'avance le butin des villes qu'ils savaient devoir traverser.

Par plusieurs voies différentes, on avait appris que les Espagnols renonçaient à toute offensive et attendaient les insurgés dans les environs de Quérétaro, point sur lequel le vice-roi concentrait les soldats qu'il rappelait à la hâte des villes du littoral. Si Cayétano avait pu se faire écouter, on eût laissé venir l'ennemi au lieu d'aller à sa rencontre : néanmoins il n'hésita pas à se mettre lui-même en campagne. Ne voulant pas s'associer aux bandes d'Hidalgo, bien que résolu à leur prêter aide au besoin, il prit les devants et se dirigea sur Acambaro, gardé par quelques compagnies. Sa petite troupe, qui, grâce à son énergie, se conduisait avec ordre dans les villages et dans les fermes, eut plusieurs engagements heureux avec les éclaireurs de l'ennemi. La renommée du jeune chef grandit vite ; quelques semaines après son entrée en campagne, la guérilla du Pensativo, forte de quatre cents cavaliers, était accueillie avec enthousiasme sur tous les points où elle se présentait, et déjà redoutée de ses adversaires.

L'armée d'Hidalgo, si l'on peut donner ce nom à la multitude désordonnée qui le suivait, parut d'abord démentir les prévisions pessimistes de Cayétano et de don Luis. Elle s'empara d'Acambaro, de Célaya et de Valladolid, où se reproduisirent les déplorables scènes de pillage et de meurtres qui avaient signalé la prise de Guanajuato. Continuant sa marche dévastatrice, elle se trouva un jour, à *las Cruces*, en face de l'armée espagnole qui, commandée par un chef incapable, le général Truxillo, fut forcée de battre en retraite. Si, dès le lendemain de cette victoire, Hidalgo eût marché sur Mexico, où le peuple commençait à s'agiter, c'en était fait peut-être de la domination espagnole. Mais, commandé par ses troupes, bien plus qu'il ne les commandait, le curé perdit des semaines que le vice-roi sut mettre à profit. Vite réorganisés, les Espagnols, au nombre de six mille, ayant cette fois à leur tête un homme énergique jusqu'à la cruauté, le général Calléja, marchèrent à la rencontre des Indiens dont le chiffre dé-

passait cent mille, et, renoùvelant à trois siècles
de distance les merveilleuses batailles de Fernand Cortez, ils les défirent complètement dans
la plaine d'Aculco.

Le jour de ce désastre, Cayétano et don Luis
rivalisèrent de courage. S'étant aperçus de la
terreur causée aux Indiens par les décharges
meurtrières de l'artillerie, ils s'élancèrent sur
les batteries espagnoles avec l'espoir de s'en
emparer ou de les inutiliser. Dans cette tenta-
tive héroïque, don Luis fut tué sur les canons
ennemis. Cayétano, forcé de reculer avec sa
troupe amoindrie de moitié, essaya en vain
de rallier les Indiens effarés, qui commençaient
à tourbillonner. Menacé d'être entraîné par les
fuyards et ne voulant pas suivre Hidalgo dans
sa déroute, le jeune chef réussit à se dérober
aux Espagnols, se dirigea audacieusement
vers Mexico, et alla s'installer sur la colline
boisée de San Angel, excellente position où il se
fortifia. Là il apprit bientôt que Calléja, en-
hardi par sa victoire, s'enfonçait à la suite des
fugitifs dans les plaines du Bajio et massacrait

à son tour tous ceux qu'il pouvait atteindre.

En dépit des cruautés qui avaient ensanglanté leur marche et que vengeait le général espagnol, l'opinion publique, même après leur défaite, resta favorable aux insurgés. Dans le camp qu'il avait choisi et qu'une distance d'à peine cinq lieues séparait de Mexico, Cayétano, approvisionné de vivres par les Indiens des environs, fut tenu au courant des faits et gestes de l'ennemi. Il s'occupa sans retard de reformer sa troupe, cruellement maltraitée durant la bataille, mais plus que jamais confiante en lui, et trouva autant de volontaires qu'il en put armer. Peu à peu, il se remit en campagne. Toujours renseigné avec exactitude, il battit à diverses reprises les forces envoyées pour le déloger, et, prenant l'offensive, il intercepta plusieurs convois. La guérilla du Pensativo, à laquelle le vice-roi, craignant une révolte dans la capitale, ne pouvait opposer que de faibles contingents, devint bientôt aussi célèbre par son audace et l'habileté de son chef que par sa discipline et son humanité.

Des hauteurs de son quartier général, alors que le soleil se levait derrière l'Itaccihuatl neigeux, Cayétano découvrait au loin, enveloppés d'une brume vermeille, les dômes et les clochers de sa ville natale, de la ville où vivait Laura ! Entre deux expéditions, que d'heures passées par l'ingénieur à regarder, triste et pensif, dans cette direction ! La vie active et périlleuse qu'il menait, le noble but qu'il poursuivait, occupaient fortement son esprit ; mais son âme l'emportait malgré lui vers la demeure qui abritait ceux qu'il aimait. Ses triomphes, la renommée qu'il acquérait à force de chercher la mort, combien il eût été heureux d'en faire hommage à Laura, de la voir fière de lui ! L'image de la jeune fille, en vain chassée, était toujours présente à son regard. Il la revoyait gracieuse, souriante, puis grave, éplorée, toujours belle, telle qu'il avait pu l'admirer durant les heures rapides passées près d'elle, heures qu'il aimait à se rappeler, bien qu'elles eussent à jamais brisé son cœur et attiré sur sa tête un anathème qui le désolait.

Deux ou trois fois, dans ses expéditions aventureuses, Cayétano avait osé s'avancer jusqu'aux portes de Mexico. Or Huétoca n'était plus seul à savoir quel aimant l'attirait dans cette direction, ni la véritable cause de sa constante mélancolie. Ses cavaliers n'ignoraient plus que leur chef aimait, qu'il avait pour rival préféré un Espagnol, et ils croyaient savoir pourquoi, dans les rencontres avec l'ennemi, il courait droit aux officiers. A n'en pas douter, il cherchait son rival, dont il devait souhaiter la mort. En cela, les soldats se trompaient. Depuis qu'il pouvait raisonner avec plus de sang-froid, les nobles sentiments de Cayétano avaient pris le dessus dans son âme et chassé de son esprit toute idée d'injuste vengeance. Puisqu'il ne pouvait être heureux, il souhaitait au moins le bonheur de Laura. En s'attaquant aux officiers espagnols, c'était la mort qu'espérait rencontrer l'infortuné, la mort qui ne voulait pas de lui.

Huétoca avait de l'imagination ; désolé de voir son général inconsolable, il rêva un jour de se rendre à Mexico, d'enlever Laura, qu'elle fût ou non mariée, et de la ramener au camp. Ce coup hardi, le métis eût tenté de le mettre à exécution, si Cayétano, auquel il en parla, ne le lui eût formellement défendu. Toutefois, à dater de cette communication, l'idée de son serviteur tourmenta l'esprit du jeune capitaine. Il songea non pas à enlever Laura, qu'il croyait mariée, mais à pénétrer incognito dans Mexico. Là, il pourrait embrasser sa mère, se jeter aux pieds de son père, faire révoquer la malédiction qui pesait sur son cœur et augmentait son chagrin.

Un jour, ayant appris qu'un convoi d'armes et de munitions, expédié de Vera-Cruz, devait prochainement entrer dans la capitale, Cayétano résolut de s'en emparer ou de le détruire. Par une marche forcée, il se porta sur Chapultepec, résidence d'été des vice-rois, et campa au soir sous les cyprès, fameux par leurs dimensions, du beau palais alors abandonné. La nuit venue, il appela Huétoca.

— Quels sont ceux de nos cavaliers que tu

considères comme ayant le plus de sang-froid ?
lui demanda-t-il ; nomme-m'en dix.

— Ne pouvez-vous m'apprendre d'abord
quelle besogne vous allez exiger d'eux, mon
général ? répondit le métis. Chacun de nos
hommes, vous le savez, a son genre de supériorité, et votre réponse dictera la mienne.

— Il n'y aura pas de lune cette nuit, dit
Cayétano, et je veux pénétrer dans Mexico.
Les hommes que tu choisiras seront chargés
de garder nos chevaux en dehors de la ville,
tandis que nous nous rendrons chez mon père,
que je désire embrasser.

Huétoca demeura un instant silencieux.

— Oui, cette fantaisie est dans l'ordre na-
turel des choses. Elle devait vous venir tôt ou
tard à l'esprit. Mais, de par un décret du vice-
roi, votre tête doit rapporter cent mille piastres à celui qui la livrera, et il ne faut pas
tenter le diable plus que de raison.

— S'il y avait un traître parmi nos cavaliers,
répondit Cayétano, je serais mort depuis longtemps.

— Hum ! grâce à la surveillance de quelques douzaines de mes camarades dont je suis sûr, mon général, le Judas dont je crains la traîtrise, s'il existe, n'a pas trouvé d'occasion propice, et j'aimerais mieux ne pas la lui fournir.

— Je veux, répéta impérieusement Cayétano, pénétrer ce soir dans Mexico.

— Oui, j'ai bien entendu ; et je comprends qu'au besoin vous vous y rendrez seul. Après tout, c'est un bon tour à jouer aux Espagnols, et le pire qui puisse nous arriver sera d'être pendus, puisque le vice-roi s'obstine à ne voir en nous que des bandits. A quelle heure Votre Grâce compte-t-elle se mettre en route ?

— A présent même.

Huétoca s'éloigna sans répliquer. Un quart d'heure plus tard, il avisait son chef que les cavaliers choisis pour lui servir d'escorte attendaient.

Cayétano fit amener son cheval.

— Votre Grâce, s'écria le métis, ne va-t-elle pas changer de costume ?

— Non, répliqua l'ingénieur, ce serait une lâcheté.

— Alors emmenons toute la troupe, señor, à moins qu'il n'entre dans vos intentions que nous soyons fusillés.

Sans répondre, cette fois, Cayétano se mit en selle, se drapa dans son manteau et éperonna sa monture.

— Si je ne reviens de cette expédition qu'à moitié assommé, murmura Huétoca en se signant, je promets à mon saint patron un cierge de dix livres, et il ne l'aura pas volé.

Les sentinelles avancées qui gardaient le camp, accoutumées à voir leur chef s'occuper lui-même des reconnaissances, le regardèrent s'éloigner sans surprise.

Vers dix heures du soir, sans avoir rencontré âme qui vive sur son chemin, le jeune homme mettait pied à terre près de la porte de Saint-Lazare. Après avoir posté ses cavaliers à cent pas de la route, avec ordre de l'attendre, Cayétano, suivi de Huétoca qui refusa de le laisser partir seul, pénétra dans la ville par des ruelles. Enveloppés de leurs manteaux, les deux aventuriers arrivèrent près de la cathédrale, après avoir évité une ronde de nuit. Huétoca s'était muni d'une xarane dont il tirait des accords chaque fois qu'il passait près d'un veilleur de nuit. Celui-ci, prenant les partisans pour des amoureux en campagne, leur souhaitait parfois bonne chance. Ils arrivèrent devant la demeure du capitaine. Une lumière brillait encore dans le salon. Cayétano, dont le cœur battait avec violence, resta longtemps avant de se résoudre à saisir le lourd marteau de la porte. Il le souleva enfin, et la masse de fer retentit avec fracas dans le silence de la nuit.

IX

A l'heure à laquelle, entraîné par le désir de
revoir ceux qu'il aimait, Cayétano s'exposait à
un sérieux péril, le capitaine Victoria, mandé
par le vice-roi, lui expliquait les marches ac-
complies par les bandes d'Hidalgo, qui, après
s'être reformées, venaient d'être de nouveau
dispersées dans les environs de Guadalajara.
Seules dans le salon où Cayétano avait défié
don Rodriguez, doña Maria et Laura, assises
côte à côte, travaillaient, à la lueur de deux
bougies prisonnières sous un garde-brise autour duquel des insectes tourbillonnaient fiè-
vreusement. Les cheveux de doña Maria avaient
blanchi depuis quatre mois, et son visage
amaigri faisait paraître plus grands ses yeux
noirs, autrefois renommés pour leur éclat,
maintenant fatigués par les larmes. Quant à

Laura, ses traits, d'une régularité si parfaite, si harmonieuse, semblaient plus angéliques encore sous l'empreinte de mélancolie qui les assombrissait. La jeune fille, le front baissé, s'occupait avec ardeur de la confection d'une de ces broderies à jour particulières à son pays. Tout à coup, ses doigts agiles se ralentirent ; elle releva la tête, cessa d'arracher les fils dont l'enlèvement traçait de bizarres dessins sur la fine batiste tendue devant elle, et demeura pensive.

— Eh bien ? lui dit sa tante qui l'observait.

— En vérité, répondit la brodeuse qui parut se réveiller, ce travail devient trop compliqué, mes fils s'embrouillent.

— Avoue plutôt, dit doña Maria qui haussa et baissa la tête à plusieurs reprises, que ta pensée voyage et te distrait. Voilà bientôt deux mois que don Rodriguez est absent.

— Mais chaque courrier nous apporte de ses nouvelles, chère tante, et nous allons bientôt le revoir. Sa dernière lettre prévient mon oncle que les fortifications de Quérétaro étant

presque terminées, il sera ici avant qu'une semaine s'écoule.

— Fortifier Quérétaro ! s'écria doña Maria,
cela me paraît un rêve, une fantaisie de mon
imagination. Quelle affreuse guerre, bon Dieu,
que celle qui désole aujourd'hui notre pays,
autrefois si paisible et si prospère ! Que de
ruines ! que de sang répandu ! et combien de
temps les fléaux qui sont venus fondre sur
nous séviront-ils encore ? Dans les jours né-
fastes que nous traversons, ajouta la pauvre
mère, il n'y a d'heureux que ceux que Dieu
rappelle à lui ; ils n'ont plus à souffrir.

— C'est vrai, répondit Laura, et la fureur
qui anime les deux partis aux prises fait que
nul de nous n'est assuré de vivre demain. Toutefois, si cruels que se montrent les insurgés,
ils sont moins implacables que les soldats du
roi, et c'est vers eux que va ma pitié.

Doña Maria regarda sa nièce.

— Sais-tu, lui dit-elle, que tu deviens insensiblement une rebelle ?

— Je suis, j'ai toujours été avec l'opprimé

contre l'oppresseur, répliqua la belle créole ;
depuis quatre mois, le sang des Mexicains
rougit chaque jour nos places publiques, et ce
sang, qui coule sans interruption, il suffirait
d'un mot du roi d'Espagne pour l'étancher. Je
me surprends, je l'avoue, à maudire le roi
d'Espagne.

— Chut ! mon enfant, si ton oncle t'entendait,
tu l'affligerais.

— Je le sais, répondit Laura ; aussi ai-je
soin de me taire devant lui. Mon oncle, si loyal,
ne peut renier son passé, et la cause pour laquelle il a maintes fois versé son sang lui paraît
si juste que discuter les droits du roi d'Espagne lui semble un crime. Néanmoins les
créoles ont si bien raison dans leurs réclamations contre des abus d'un autre âge que don
Rodriguez lui-même en convient.

— Il t'aime, mon enfant, et, dans son désir
d'être d'accord avec toi, il laisse ses idées
suivre les tiennes aussi loin que le lui permet
sa loyauté. Toutefois l'indignation de ton oncle
est motivée ; les insurgés, par malheur, ont les

premiers donné l'exemple des massacres, e
les fils ont toujours tort lorsqu'ils lèvent la mai
contre leurs pères.

— Si les créoles sont en effet les fils des Es
pagnols, ma tante, avouez que leurs pères n
les ont jamais traités comme tels, et qu'ils n'or
jamais vu en eux que des ennemis.

Doña Maria garda le silence. Au lieu de re
prendre son travail, Laura demeura immobile
absorbée.

— Voyons, reprit doña Maria, secoue cett
mélancolie qui ajoute à mes chagrins et qu
finira par altérer ta santé. Parlons de don Rc
driguez. N'est-ce pas lui qui doit se mettre
la tête de la petite armée que réunit Son Exce
lence le vice-roi pour anéantir enfin la band
du Pensativo?

— On lui a promis en effet ce commande
ment, et mon oncle est convaincu que don Rc
driguez triomphera.

Les deux femmes causèrent un instant d
jeune chef qui, depuis deux mois, tenait la ca
pitale sur un qui-vive perpétuel; puis ce ft

le tour de doña Maria de demeurer silencieuse et absorbée. Laura lui prit la main et la baisa.

— Ah ! dit la pauvre mère, je me demandais, pour la millième fois, où peut être mon fils. S'il était mort ! s'écria-t-elle avec terreur.

— Nous le saurions, se hâta de répondre Laura ; ne fût-ce que par Huétoca, qui serait revenu.

— Partir sans me dire adieu ! me laisser sans nouvelles ! reprit doña Maria. Je ne l'ai pourtant pas maudit, moi.

— Il cherche l'oubli, chère tante, et nous le reverrons consolé.

— Si tu avais vu sa douleur, mon enfant, tu comprendrais qu'elle est de celles dont on peut mourir. Son désespoir m'arrachait des larmes, et je n'ai pas su le calmer, le consoler. Vierge sainte ! une mère devrait toujours pouvoir consoler son fils, de quelque douleur qu'il soit frappé. Pourquoi me suis-je éloignée ? Je n'aurais pas dû le laisser en face de don Rodriguez... Tu pleures, s'écria doña Maria en voyant une larme rouler sur la joue de sa nièce.

— N'est-ce pas à cause de moi que Cayétano souffre, qu'il est absent, que vous êtes malheureuse? répondit la jeune fille.

— Mais tu n'es coupable en rien, chère enfant.

— Cette pensée douloureuse que, sans moi, la paix régnerait dans cette demeure déchire mon cœur, qui vous doit tant de reconnaissance. Encore une fois, ma tante, je ne veux plus me marier. Je désire rester près de vous, près de mon oncle. Cayétano reviendra, et, s'il songe encore à moi...

— Tais-toi, s'écria doña Maria; je suis coupable lorsque je te parle ainsi que je viens de le faire; n'écoute donc pas ma douleur. Tu seras la femme du colonel, que tu aimes.

— J'ai cru l'aimer, dit Laura d'une voix lente.

Doña Maria se leva, s'approcha de la jeune fille et la pressa contre sa poitrine.

— Je lis dans ton âme, lui dit-elle avec tendresse, et je devine ta pensée de dévouement. Aucun de nous, sache-le bien, pas même mon

fils, ne voudrait d'un bonheur acheté au prix
du tien.

Le marteau de la porte cochère retentit sous
un coup familier ; doña Maria et sa nièce
allèrent au-devant du capitaine qui rentrait.
Lui aussi semblait vieilli.

— Doucement, doucement, dit-il en s'avançant, appuyé sur les deux femmes, vers un
fauteuil dans lequel il s'assit ; on dirait que, ce
soir, mes blessures veulent se rouvrir.

Il regarda sa femme et sa nièce pour les remercier, et vit qu'elles avaient pleuré. Un
nuage passa sur son front, et il demeura silencieux. Laura s'approcha de lui.

— La nouvelle de la défaite des insurgés
près de Guadalajara est-elle confirmée, mon
oncle ? lui demanda-t-elle pour l'arracher à ses
pensées.

Le vétéran se redressa, son visage rayonna.

— Oui, petite, répondit-il ; et leur chef a
failli être pris par mon brave bataillon, qui,
dans cette journée, s'est distingué une fois de
plus.

— Et le Pensativo, est-il vrai que l'on ait enfin réussi de le déloger de San Angel ?

— Non pas ; cet endiablé semble invincible, et ton fiancé, qui doit agir contre lui, fera là une belle campagne. Il faut être juste même avec ses ennemis, vois-tu ; si tous ces traîtres aux surnoms sinistres qui battent la campagne : le Corbeau, le Loup, l'Épervier, sont de vulgaires bandits qui n'osent attaquer que les villages sans défense, et s'ils ne songent qu'à rançonner, le Pensativo, lui, est un véritable soldat. Bien qu'il m'en coûte de l'avouer, j'admire ses marches rapides, ses attaques imprévues, son audace qui lui fait mépriser le nombre. Ce qui ne l'empêchera pas, en fin de compte, ajouta le vieux soldat, de mourir sur une potence, comme tous ses compagnons.

— On ignore toujours son véritable nom ?

— Oui ; on le dit tour à tour créole, Indien, métis et même Espagnol.

— Est-il âgé ?

— Cela, j'en jurerais, malgré tous les rap-

ports qui le présentent comme un jeune homme.
C'est un métier d'expérience que celui des
armes, et un blanc-bec ne dirigerait pas sa
troupe avec l'habileté prudente qui a valu tant
de succès au Pensativo. Ah ! petite, songer
que ma compagnie va peut-être marcher contre
lui, qu'il y a là de la gloire à acquérir, et que
je ne suis plus bon qu'à lire *la Gazette !*

— Dieu fait bien ce qu'il fait, dit doña Maria.
Si, comme nous avons tant de motifs pour le
redouter, ajouta-t-elle à voix basse, Cayétano
est au nombre des insurgés, vous seriez expo-
sés à vous trouver face à face sur un champ
de bataille, et c'est là ce qui rend cette guerre
impie.

— Pauvre Cayétano ! dit le capitaine. Puisse
cette malédiction, arrachée de mes lèvres par
la colère, ne pas lui porter malheur ! Que ne
donnerais-je pas pour le revoir et l'embrasser,
pour... Baste ! s'écria le vétéran, comme s'il
voulait se soustraire à l'émotion qui le gagnait,
c'est un homme, après tout ; il sait que je
l'aime, et il reviendra.

A ce moment, la voix d'un veilleur de nuit s'éleva dans le silence, annonça onze heures, et réclama des prières de ceux qui l'entendaient. Les deux femmes se levèrent, et le capitaine, en sa qualité de chef de famille, récita une oraison à haute voix. L'heure du repos avait depuis longtemps sonné ; aussi Laura prit-elle congé de son oncle et de sa tante, qui la regardèrent s'éloigner avec tendresse.

— Cette noble enfant, dit le capitaine qui se rassit lorsque sa nièce eut disparu, a retardé l'époque de son mariage à cause de nous, et je lui en sais gré. La perdre si tôt après avoir perdu l'autre, c'eût été trop. Toutefois la laisser reculer indéfiniment une union qui doit la rendre heureuse, ce serait manquer à notre devoir.

— Tu as raison, répondit doña Maria ; mais, elle partie, comme nous allons être seuls !

— N'est-ce pas une loi de Dieu ? répondit le vétéran. Si chaud, si doux que soit le nid, les oisillons l'abandonnent dès que leur aile est

emplumée. N'étions-nous pas déjà accoutumés
aux absences de Cayétano ?

— Oui, dit avec douleur doña Maria, seulement, nous savions alors qu'il devait revenir,
tandis qu'aujourd'hui...

— Nous le reverrons, répliqua le capitaine ;
je demande avec trop de ferveur cette grâce à
Dieu pour qu'il ne me l'accorde pas, ajouta-t-il
avec la conviction d'un croyant. Si par malheur Cayétano est au nombre des rebelles,
nous le reverrons quand même, femme, car
tous ceux qui vont à la guerre ne meurent pas,
j'en suis une preuve. Pourquoi ne l'as-tu pas
retenu ? reprit le vieillard après un instant de
silence. Pourquoi ne m'avoir pas appris son
chagrin ? Si j'avais su que la jalousie le faisait
agir, la colère ne m'eût pas arraché les paroles
que je me reproche à présent.

— Hélas ! dit doña Maria, étais-je moi-même
maîtresse de mes pensées ? Il y a quatre mois,
à pareil jour, je comptais les secondes ; il devait
arriver le lendemain. Tu te moquais de mes
impatiences, et, au fond, tu les partageais si

bien que je surpris une larme dans tes yeux.

— N'est-il pas mon fils ?

— Et ne l'avoir revu qu'un jour ! s'écria la pauvre mère qui, appuyant son front contre l'épaule de son mari, sanglota de nouveau sans que, trop ému lui-même, le vétéran essayât de la consoler.

— Il faut marier Laura, reprit-elle au bout d'un instant, et pourtant... Ah ! l'espoir, on se tourne vers lui alors même qu'il vient de vous mentir. Avoir pendant vingt ans entassé rêves sur rêves, et les avoir vus s'évanouir en une heure !

— N'avons-nous pas assez vécu, chère femme, pour savoir que, dans le but sans doute d'éprouver nos âmes, Dieu met un leurre au bout de chacun de nos désirs ?

— C'est vrai ; mais comment ne pas faire des projets auprès d'un berceau ? On tremble pour l'être faible qu'il renferme, on veut vieillir, le voir grand. On aspire au jour où, fière et joyeuse, on s'appuiera sur ces petits bras tendus vers vous. Elle sonne enfin, cette heure désirée ; on attendait le bonheur, et c'est le désespoir qui vient.

Le bruit retentissant du marteau de jla porte cochère coupa la parole de doña Maria.

Elle se redressa.

— Quel visiteur peut se présenter si tard ? dit le capitaine avec surprise. Une dépêche importante a dû arriver au palais.

— Écoute, murmura doña Maria anxieuse, ce coup de marteau... on dirait...

Elle regardait vers la porte du salon ; on marchait sous le corridor ; Huétoca parut.

— Mon fils ? s'écria-t-elle en se précipitant vers le métis, dont elle étreignit le bras avec violence.

— Il vit, il est là, se hâta de répondre Huétoca, qui comprit la terrible interrogation cachée sous le cri de sa maîtresse, c'est par prudence...

Elle ne l'écoutait plus, elle venait de se suspendre au cou de Cayétano qui, afin d'amoindrir l'émotion que son apparition soudaine ne pouvait manquer de produire, s'était fait précéder par son serviteur et pressait la noble femme sur son cœur. Il se dégagea pour se diriger vers le capitaine, qui essayait de se rapprocher, et mit un genou en terre.

— Père, lui dit-il avec humilité, me pardonnez-vous?

Le vétéran ouvrit ses bras.

— Sur mon cœur, viens sur mon cœur, mon enfant béni, répéta-t-il suffoqué.

Et deux grosses larmes roulèrent sur les joues bronzées du vieux soldat.

— Toi! toi! répétait doña Maria qui se reculait pour mieux contempler son fils; que je t'embrasse encore! Comme tu es pâle; tu as faim. Tu vas souper, puis te reposer; ta chambre est prête, nous t'attendions, car nous savions bien que tu penserais enfin à nous.

— Laisse-moi le bénir encore, dit le capitaine qui venait de se rasseoir, laisse-moi le regarder. Enfin le voilà, et il ne nous quittera plus. Holà! mon brave Huétoca, réveille toute la maison, que l'on vienne servir mon fils.

— Silence! dit le métis qui fit un pas et se pencha pour écouter.

— Silence? s'écria le capitaine. Réveille les servantes, te dis-je.

Huétoca entr'ouvrit son manteau et laissa voir sa veste bleue.

— Il a la pareille, dit-il en désignant son maître.

Presque aussitôt, le pas lourd d'une patrouille se fit entendre, saluée dans sa marche par le cri lointain d'un veilleur de nuit. Le capitaine avait poussé une exclamation.

— Ces vêtements ! ce sont ceux des ennemis du roi, dit-il d'une voix sourde ; qu'ils en changent vite. Appelle Laura, femme.

— Laura est ici? s'écria Cayétano.

— Certes, dit le capitaine, et, de même que nous, elle s'attendait chaque jour à te revoir.

— Elle est... mariée? demanda le jeune homme anxieux.

— Non, répondit doña Maria ; elle nous a vus si malheureux de ton départ qu'elle n'a pas voulu nous abandonner.

La poitrine de Cayétano se souleva, un soupir de soulagement s'échappa de ses lèvres.

— Attendez; laissez-moi me remettre, dit-il tandis que sa mère se dirigeait vers la chambre de sa cousine; je ne veux pas la voir encore; j'ai besoin de mon courage; attendez.

— Il l'aime toujours, murmura doña Maria qui leva ses mains vers le ciel.

Cayétano se rapprocha de Huétoca.

— Va t'assurer que la porte du jardin peut s'ouvrir, lui dit-il à mi-voix; c'est par là que nous partirons dans une heure. Veille et tiens-toi prêt.

Le métis s'éloigna.

— Voyons, débarrasse-toi de ton manteau, dit doña Maria en prenant le bras de son fils; puis assieds-toi là, ton père d'un côté, moi de l'autre. Je suis si heureuse, vois-tu, que mon cœur déborde et que je voudrais pouvoir pleurer. Tout à l'heure, nous parlions de toi.

— Songe à son souper, dit le capitaine; il a dû faire une longue marche, je connais ça. L'étape est de dix lieues; mais on en franchit

quinze afin d'arriver plus vite. L'autre jour,
sans ma blessure, j'aurais sauté sur un cheval
pour courir après toi, lorsque j'ai su la vérité.
Allons, ma chère, fais-nous au moins servir
du xérès, je veux boire à la santé de l'enfant
prodigue.

— Restez, ma mère, je n'ai besoin de rien,
je ne veux qu'être là, près de vous.

— Que de choses j'ai à te demander, dit doña
Maria. Mais ce n'est pas l'heure ; tu vas aller
te reposer, nous causerons demain. Comme tu
es pâle ! As-tu par malheur été malade, blessé?

— Non, ma mère, rassurez-vous.

— Parle donc, s'écria le vétéran, tu es chez
toi, demande et commande. Oh ! si tu entendais
mon cœur battre, si tu savais comme il te bé-
nit. Nous avons été bien malheureux, et ta
mère aussi est pâle. Tu ne nous quitteras
plus?

— J'ai voulu vous voir, mon père, implorer
votre pardon. Je dois me remettre en route
dans une heure, je ne suis plus libre.

— Tu ne m'as pas pardonné ma colère, dit

avec tristesse le vétéran ; tu ne peux repartir
ainsi, je ne veux pas que tu partes.

— Mon père !

— Non, je ne veux pas que tu partes, reprit
le capitaine d'une voix caressante ; mais je
n'ordonne pas, je prie. Je suis vieux, ta mère
souffre, nos jours sont comptés ; ne nous aban-
donne pas.

— Si fort que vous puissiez souffrir de mon
absence, dit Cayétano qui prit dans ses mains
celles des deux vieillards, je suis encore le plus
digne de pitié, moi dont le cœur saigne par
tous les côtés. Grâce à vous, le monde m'apparaissait comme un séjour enchanté, comme un
Éden dont il suffisait de se baisser pour cueillir
es fleurs. Votre sollicitude avait écarté tous
es obstacles de ma route, et, grâce à votre
amour, j'étais joyeux de vivre, fier d'être votre
fils, heureux d'avoir une sœur qui vous conso-
lait de mes absences. Protégé par votre ten-
drésse, j'ignorais que la haine, l'envie, la
jalousie, le désespoir pouvaient torturer le
cœur, que l'homme est né pour souffrir.

Laura... Ah! ce nom cher et maudit, ma mémoire implacable le ramène sans cesse sur mes lèvres, et, dans ce moment même où ma présence vous fait me bénir, qui sait si, fils ingrat, je n'ai pas songé à elle avant de songer à vous, si ce n'est pas elle seule que je suis venu revoir!

— Que nous importe! s'écria doña Maria. Tu es là!

— Il était pourtant bien simple et bien innocent, mon rêve, reprit le jeune homme. Aimer, être aimé, et vivre à jamais sous ce toit qui aurait connu toute mon histoire, celle de mon bonheur.

— Laisse-moi appeler Laura, dit doña Maria; le colonel...

— Elle l'aime! dit Cayétano, et je veux qu'elle au moins soit heureuse. Me retrouver dans ce salon, savoir qu'elle est là, vous voir, vous entendre, cela me trouble. Cette passion, je saurai la dompter. Plus tard, résigné, guéri... Eh bien, non, je mens, s'écria le jeune homme avec douleur; je ne cesserai d'aimer qu'en cessant de vivre.

— Tu nous désespères, dit le capitaine.

— Vous le voyez, reprit Cayétano qui fit un effort pour se contenir, il ne faut pas me retenir ici. Quand l'âge aura refroidi mon cœur, quand mon sang coulera dans mes veines avec plus de lenteur, je reviendrai. Je ne vous affligerai plus, alors, du spectacle de ces orages que vous ne pouvez comprendre, vous qui vous êtes toujours aimés. D'ailleurs je ne m'appartiens plus. Pour vous revoir, pour implorer votre pardon, mon père, je brave en ce moment la mort, et je ne mérite pas votre pitié ; je suis un rebelle !

— Tu es mon fils, s'écria le vétéran, mon fils bien-aimé ! Ne parlons pas de ce qui peut nous séparer, parlons de ce qui nous unit. Il faut que tu voies Laura ; elle n'a pas cessé d'être ta sœur, de se préoccuper de toi ; ses prières seront peut-être plus puissantes que les nôtres.

Une rumeur lointaine, à laquelle il prêta l'oreille, empêcha Cayétano de répondre.

— Alerte, señor ! dit Huétoca qui fit soudain

irruption dans le salon ; des soldats arrivent par les deux extrémités de la rue.

— De quoi te préoccupes-tu? s'écria le capitaine. Ne te crois-tu pas en sûreté ici?

Il achevait à peine de parler, que le marteau de la porte cochère retentit sous un coup violent, et un bruit de crosses de fusils résonna au dehors sur les dalles de granit du trottoir.

— Partons, señor, dit Huétoca ; votre tête vaut cent mille piastres, et j'ai le pressentiment qu'un des hommes qui nous ont accompagnés cherche à les gagner.

— Encore une fois, dit le capitaine ; on est en sûreté sous mon toit.

— Vous oubliez que je suis un rebelle, mon père, et qu'il ne faut pas que je tombe vivant entre les mains des Espagnols ; dites à Laura... non, au revoir.

Huétoca avait donné l'ordre de ne pas ouvrir, et le marteau de la porte résonnait à coups pressés. Le métis entraîna son maître vers le jardin ; doña Maria suivit avec résolution les deux fugitifs.

—‘Au nom du roi, ouvrez! criait au dehors une voix impérieuse.

Debout, appuyé sur son fauteuil, le capitaine, les sourcils froncés, écoutait vociférer les soldats. Ils frappaient à coups de crosse la lourde porte bardée de fer qui leur barrait le passage et qu’ils eussent vainement tenté d’enfoncer. Quelques minutes s’écoulèrent; les servantes, réveillées en sursaut, accouraient effrayées et regardaient avec terreur leur vieux maître, sans oser l’interroger. Doña Maria reparut enfin; elle était accompagnée de Laura.

— Ils sont partis, dit-elle à son mari; par bonheur, la sortie du jardin était encore libre. Si c’est eux que l’on vient chercher, on ne les trouvera plus.

Le vétéran, soutenu par sa femme et sa nièce, gagna le corridor.

— Qui êtes-vous et que voulez-vous? demanda-t-il.

— Ouvrez, au nom du roi! répondit une voix furieuse.

Le capitaine fit un signe; une servante décrocha la chaîne de la porte, et un major, l'épée à la main, suivi de soldats se précipita sous le corridor.

— Cette maison est-elle donc celle d'un traître ? s'écria-t-il en regardant autour de lui avec méfiance.

— Non, répondit le capitaine avec dignité ; elle est la demeure d'un fidèle sujet de Sa Majesté, du capitaine Victoria.

— Et vous refusez d'ouvrir sur l'heure devant une sommation faite au nom du roi ?

— Dans les temps troublés où nous vivons, major, répondit le vétéran, vous devez comprendre que nul n'ouvre sa porte, la nuit surtout, avant de connaître au moins la qualité de celui qui veut entrer.

— Aidez vos camarades, fouillez partout, dit l'Espagnol en s'adressant aux soldats groupés autour de lui.

— Arrêtez, dit le capitaine avec autorité, et avant toute chose, señor, apprenez-moi pour quelle raison vous violez ma demeure.

— Deux rebelles, dont l'un est, dit-on, le

Pensativo, se sont introduits dans la ville et réfugiés ici. Où sont-ils ?

Le capitaine, surpris de cette révélation, se tourna vers sa femme, puis vers sa nièce et garda le silence.

— Ah ! vous comprenez, reprit le major ; eh bien, si mes furets découvrent le gibier, comme je l'espère, nous aurons à régler un terrible compte.

Accoutumé à la considération de ses concitoyens, à celle des Espagnols eux-mêmes, le sang afflua aux joues du vétéran, blessé du ton grossier de son interlocuteur.

— Vous êtes sans doute nouvellement arrivé d'Espagne, señor, dit-il avec hauteur ; sans quoi vous connaîtriez le nom et la demeure du capitaine Victoria.

— Oui, j'arrive d'Espagne, reprit le major, véritable type de soudard, et j'ai appris mon métier en faisant la chasse aux Français. Voyons, livrez-moi ceux que je cherche. Ils sont entrés dans la ville, un veilleur a remarqué leurs allures et déclare les avoir vus pénétrer chez vous. Encore une fois, livrez-les ; il y va de votre vie.

— Ma vie, répéta le vétéran, je l'ai risquée cent fois en combattant les ennemis de Sa Majesté le roi ; mais, grâce à Dieu, je n'ai jamais commis de lâcheté.

— Livrer un bandit n'est pas une lâcheté, répliqua l'Espagnol ; c'est l'acte d'un bon citoyen. Eh bien ? demanda-t-il en se rapprochant du salon et en s'adressant aux soldats qui fouillaient toutes les chambres, que déccuvrez-vous ?

— Rien, lui fut-il répondu.

Il s'éloigna un instant, interrogea les servantes et revint bientôt suivi de plusieurs soldats.

— Par l'enfer, vont-ils nous échapper ! criait-il. Cherchez encore, garçons ; tenez, cette porte.

— Elle conduit chez ma fille, dit doña Maria.

— Raison majeure pour la visiter ; les rebelles sont galants, et le coup d'audace de ceux que nous cherchons doit avoir une femme pour cause.

— Señor, dit avec fierté Laura, je suis la fille adoptive du capitaine Victoria, et la fiancée du colonel Rodriguez, votre compatriote.

— Cela prouve simplement que le colonel a bon goût, ma belle, répondit le soudard, et je prendrais volontiers sa place.

— Votre langage en face de deux femmes et d'un vieillard, señor, s'écria le capitaine indigné, n'est ni celui d'un officier ni celui d'un hidalgo.

— Vous vous trompez, sur mon honneur, répliqua le major d'un ton goguenard; j'ai payé mon grade de mon sang, et je suis cousin du roi par mes aïeux, Ève et Adam.

— La cour communique avec un jardin, major, dit un lieutenant qui se présenta, et nos hommes viennent de ramasser ce manteau.

— Un jardin! s'écria l'officier, ciel et tonnerre! le veilleur eût dû nous prévenir que cette maison possède deux issues. Donne cette guenille, ajouta-t-il en s'emparant du manteau qu'il étala. Sur mon âme! cette broderie, ce galon d'or! C'est bien le Pensativo lui-même qui viént de nous échapper.

— Le Pensativo! répétèrent à la fois le capitaine, doña Maria et Laura.

— Cours au palais, dit le major à son lieutenant; que les dragons se mettent en selle, ils pourront peut-être rejoindre le fugitif, ou du moins l'empêcher de sortir de la ville... Voilà une belle besogne, capitaine : vous venez de perdre cent mille piastres, señor, en ne me livrant pas le bandit.

— Encore une fois, dit le vétéran dont la surprise et l'inquiétude se trahirent par le trouble de sa voix, je n'ai jamais commis de lâcheté, et, sous mon toit, mon ennemi le plus cruel serait à l'abri d'une délation. Mais ne vous méprenez-vous pas? Êtes-vous certain que ce manteau appartient à celui que vous venez de nommer?

— N'essayez pas de me donner le change, répliqua le major; je ne suis pas un enfant. Il y a huit jours, le Pensativo m'a serré d'assez près pour que je connaisse jusqu'à la couleur de ses yeux. Je faisais partie du dernier convoi qu'il a pillé, et je le vois encore, ce manteau flottant sur les épaules, s'avancer vers moi le pistolet au poing. Il me regarda, abaissa son arme, puis tourna bride. Pourquoi ne m'a-t-il pas tué ? Je n'en sais rien. Foi de Catalan, il me revaudra tôt ou tard la peur qu'il m'a causée.

Le major fit une grimace, secoua ses larges épaules et reprit :

— Ainsi, non seulement vous avez abrité le Pensativo, mais vous l'avez aidé à fuir ? Mauvaise affaire, en vérité.

L'officier se rendit sous la galerie, fit se reformer ses soldats, donna quelques ordres, revint vers le capitaine et regarda avec embarras doña Maria et Laura.

— Vous connaissez le dernier décret du vice-roi ? demanda-t-il à mi-voix au vétéran.

— Non, répondit celui-ci ; néanmoins, quel qu'il soit, je l'approuve : le vice-roi ne peut rien décréter que pour le bien de la couronne.

— Alors, vous êtes prêt à mourir ?

— A mourir ! répétèrent avec épouvante doña Maria et sa nièce qui, se précipitant vers le vieux soldat, l'entourèrent de leurs bras.

— La tête du Pensativo est à prix ; et le nouveau décret enjoint à tout chef de troupe de fusiller sur l'heure, sans jugement, ceux qui auront donné asile à ce bandit.

— Il est mon fils ! s'écria le vétéran.

Il y eut un mouvement de curiosité parmi les soldats.

— Hum ! c'est fâcheux, reprit le major qui mordit sa moustache et demeura un moment interdit. Que voulez-vous ? la trahison nous entoure, il faut des exemples.

— Je demande, dit le capitaine, à être conduit chez le vice-roi, qui me connaît.

— Impossible ; le décret est formel, et je ne sais qu'obéir à la consigne.

— Vous attendrez, avant de l'emmener, que je coure au palais, s'écria doña Maria prête à s'élancer.

Le major allait répliquer. Il saisit un regard

suppliant du capitaine, et fit quelques pas dans le salon.

— Rassurez-vous, dit-il avec un gros rire en se rapprochant de doña Maria ; j'ai plaisanté, je ne suis pas aussi méchant diable que je le parais. Voyez, votre mari ne s'est pas effrayé de mes paroles, lui ; on voit qu'il connaît les balles. Je vais le conduire au palais ; le vice-roi prononcera.

— Merci, major, dit le vieux soldat avec émotion ; Dieu veuille que vous n'ayez pas à vous repentir de votre hâte.

— Cela me regarde. Puisque nous voilà d'accord, êtes-vous prêt à... partir?

— Embrassez-moi, dit le vétéran qui tendit ses mains à sa femme et à sa nièce ; tranquillisez-vous ; je serai bientôt de retour.

— Nous allons t'accompagner, dit résolument doña Maria.

— C'est inutile, chère ; qu'ai-je à craindre de Son Excellence le vice-roi ?

— Le décret dont on parlait tout à l'heure, il existe ?

— Peut-être. En tout cas, le major l'a compris, nous ne sommes pas ici en campagne, devant l'ennemi. Vous direz...

Le vieux soldat allait nommer son fils. Il craignit de se trahir et s'interrompit. Ses regards se portèrent autour de lui ; tout ce qui l'entourait faisait partie du bonheur passé de sa vie. Il pria mentalement, les yeux fixés sur l'image de la Vierge, gardienne vénérée de sa demeure.

— J'attends, dit le major.

— Je suis à vous, señor, répondit avec calme le vétéran ; seulement, vous ignorez sans doute que d'anciennes blessures, reçues au service du roi, m'empêchent de marcher sans appui.

Le major vint aussitôt lui offrir son bras.

— Où le conduisez-vous ? lui demanda doña Maria, qui le regarda dans les yeux.

— Il vient de vous le dire, señora, au palais, afin qu'il s'explique.

Le capitaine eût voulu embrasser une fois de plus celle qui allait être veuve ; il eut de

14.

nouveau la crainte de se trahir, et s'éloigna en affectant de sourire.

— Il est plus ému qu'il ne veut le paraître, dit doña Maria à sa nièce ; ce décret du vice-roi, qui punit de mort ceux... J'ai peur.

— Croyez-vous donc, dit la jeune fille, que Cayétano soit le Pensativo ?

— Je n'ose y penser ; que crois-tu, toi ?

— En tout cas, mon oncle n'a rien à redouter ; le vice-roi connaît trop bien son passé et ses sentiments pour le traiter en coupable.

— Écoute ! s'écria doña Maria.

— Les soldats reprennent leurs rangs, dit Laura.

— Apporte ta mantille, la mienne, vite ; je veux suivre ton oncle au palais, le ramener.

Laura se dirigeait vers sa chambre, elle s'arrêta. La voix du major résonnait, il commandait. Doña Maria s'élança vers une fenêtre et l'ouvrit. Elle aperçut son mari, la tête nue, adossé contre la muraille, éclairé par la lueur pâle des lanternes.

— Messieurs, dit-il, que Dieu vous pardonne.
Vive le roi !

Un feu de peloton retentit, et le vétéran
tomba la face contre terre. Doña Maria vit,
comme dans un éclair, cette scène rapide. Elle
fit quelques pas dans le salon.

— Assassiné ! cria-t-elle d'une voix rauque ;
ils l'ont assassiné !

Elle tomba à la renverse. Laura, terrifiée, se
jeta sur elle, sans pouvoir appeler, sans pouvoir pleurer. Les soldats défilaient en criant :

— Meurent ainsi tous les traîtres !

Dans le lointain, une voix plaintive annonçait l'heure, déclarait que le ciel était sombre,
et réclamait des prières de ceux qui veillaient.

X

Les rues centrales de Mexico, c'est-à-dire
celles qui entourent la cathédrale et l'ancien
palais du vice-roi, se coupent régulièrement à
angles droits. Aussi Cayétano et Huétoca, sachant leur présence signalée, s'attendaient-ils
à trouver toutes les issues cernées et n'avaient
qu'un faible espoir d'échapper aux ennemis
qui devaient les guetter. Néanmoins, pleins de
sang-froid et protégés par l'obscurité, ils s'é-
loignaient à la hâte. Parvenus à l'encoignure
de la voie qu'ils suivaient, ils entendirent les
pas d'une patrouille. Silencieux, le pistolet au
poing, ils se dissimulèrent derrière l'échafau-
dage d'une maison en construction, résolus à
vendre chèrement leur vie. La patrouille passa
sans se douter de la présence des deux fugitifs,
qui, n'entendant plus aucun bruit, se hâtèrent

de gagner le faubourg de Saint-Lazare. Là,
grâce à leur connaissance des moindres ruelles,
la ville n'étant pas entourée de murs, ils réus-
sirent, tantôt à se dissimuler derrière les haies,
tantôt à les franchir, de façon à éviter toute
rencontre. Le bruit des détonations qui met-
taient fin aux jours du capitaine parvint à leurs
oreilles ; mais, bien que très intrigués, ni l'un
ni l'autre ne soupçonna l'horrible drame qui
venait de s'accomplir, et qui devait consterner
la ville le lendemain.

Enfin les deux aventuriers se trouvèrent en
rase campagne. Plus tranquilles, d'un pas me-
suré, ils se dirigèrent alors vers l'endroit où
leur escorte les attendait et avancèrent avec
précaution. Ils ne pouvaient douter qu'ils eussent
été trahis ; toutefois ils se refusaient à croire
que les cavaliers qui les avaient accompagnés
fussent coupables de cette félonie. Pourtant
un traître s'était-il trouvé parmi eux? Il fallait
alors craindre que le premier soin du misérable eût été de livrer ses compagnons et les
chevaux qu'ils gardaient, qu'une embuscade

eût été disposée. Parvenu près des arbres sous le couvert desquels ses partisans devaient l'attendre, Cayétano s'arrêta tandis que Huétoca faisait entendre un appel convenu. Neuf cavaliers seulement accourent, amenant le cheval de leur chef et celui de son serviteur.

— Où est Géronimo? demanda Huétoca dont le vif regard examinait les soldats.

— N'est-il pas avec vous? répondit un brigadier. Un instant après votre départ, il s'est éloigné pour accomplir, a-t-il dit, un ordre que vous lui aviez donné.

— C'est un traître! s'écria le métis avec indignation, et, tôt ou tard, il périra de ma main. Vite en route, garçons.

Déjà en selle, tourné vers la ville, Cayétano écoutait et croyait entendre une immense rumeur. Une cloche tinta et le fit tressaillir, elle sonnait un glas. On venait d'apprendre au palais du vice-roi la présence du Pensativo dans Mexico; aussi, soldats réguliers et milices s'armaient à la hâte, tant on redoutait une surprise, un coup de main du hardi partisan. Les cavaliers partirent au grand trot; une heure plus tard, ils atteignaient le bivouac.

Cayétano ne se coucha pas; jusqu'à l'instant où les premiers rayons du soleil dorèrent la cime neigeuse du Popocatepetl, les sentinelles le virent se promener sous les majestueux cyprès de Chapultepec, aussi célèbres par leur taille que pour avoir abrité Fernand Cortez. Le jeune chef, à la fois satisfait et mécontent de son équipée, loin d'en prévoir les affreuses conséquences, ne redoutait pour son père que des tracasseries. Enfin il n'était plus un maudit, il avait embrassé sa mère et, au moment de fuir, il avait échangé quelques mots avec sa cousine, plus belle encore qu'autrefois avec son visage pâli et ses grands yeux alanguis. Elle était toujours libre; cette pensée faisait battre avec violence le cœur de l'amoureux. Depuis quatre mois, il vivait avec cette torture de la croire la femme de Rodriguez, et elle était libre ! Ce n'était qu'un délai, il n'avait rien à espérer, puisque la jeune fille aimait; néanmoins il se sentait presque joyeux.

A l'apparition du soleil sur l'horizon, les révoltés se trouvaient déjà en selle. Le jeune chef parcourut leurs rangs avec la sollicitude sévère qu'il apportait dans ses inspections, et tous remarquèrent vite que son front semblait moins soucieux. Par ceux de leurs compagnons qui l'avaient escorté, les partisans savaient que Cayétano avait pénétré dans Mexico et failli devenir la victime d'un traître : aussi l'acclamaient-ils avec enthousiasme. Accoutumés à ses hardiesses, les guérilleros n'étaient pas éloignés de croire que l'ingénieur préméditait une attaque sur la grande capitale, où tous l'eussent aveuglément suivi.

Vers sept heures du matin, postée sur le sommet d'une côte, la guérilla, impatiente et fiévreuse, guettait l'arrivée d'un convoi dont elle voulait s'emparer. Elle le vit enfin paraître, précédé d'une avant-garde et cheminant entre deux longues files de fantassins. A la vue des partisans, auxquels leurs vestes bleues prêtaient un semblant d'uniforme, les Espagnols, ne sachant au juste s'ils avaient devant eux des

amis ou des ennemis, eurent un moment d'hésitation. Leur doute fut de courte durée. Cayétano, suivi d'une partie de ses cavaliers, se
précipita sur l'avant-garde et la culbuta, tandis
que Huétoca et un autre chef, lancés sur les
côtés de la route, semaient le désordre parmi
les mules, dont ceux qui les escortaient eurent
bientôt à se garer. Coupés, disséminés, ne pouvant obéir aux ordres de leurs officiers qu'ils
n'entendaient plus, les Espagnols se défen-
daient par petits groupes. Mais les terribles
cavaliers de Cayétano, accoutumés à ces coups
de main, sabraient sans relâche et eurent vite
raison de leurs ennemis, pourtant presque aussi
nombreux qu'eux. Cinquante Espagnols environ, tués ou blessés, jonchèrent bientôt la
route; une centaine s'enfuit dans vingt directions; le reste, avec ses chefs, demeura prisonnier.

Depuis le commencement de la guerre, c'est-
à-dire dès le lendemain des déplorables massacres de Guanajuato, les troupes royales,
auxquelles les bandes d'Hidalgo avaient par

15

malheur donné l'exemple, se faisaient une loi de n'épargner aucun rebelle. Après un combat, tout prisonnier, fût-il blessé, était aussitôt fusillé ou pendu. Du reste, les différentes guérillas qui tenaient la campagne agissaient avec la même inflexibilité. Cayétano, seul parmi les chefs insurgés, avait toujours repoussé ces barbares représailles. La victoire remportée, il faisait soigner les blessés, et, une fois désarmés, ses prisonniers redevenaient libres. Grâce à cette conduite, le jeune chef espérait ramener les Espagnols aux lois de l'humanité. C'était trop demander à leur générosité, pourtant proverbiale ; dans les Mexicains, dans ces serfs qui réclamaient des droits, les armes à la main, les fiers Castillans ne voulaient voir que des esclaves révoltés, non des hommes et des citoyens.

Le convoi dont on venait de s'emparer, au prix de cinq morts et d'une douzaine de blessés, se composait de munitions de guerre, puis de marchandises destinées au commerce de Mexico, et cheminant sous la protection des soldats. A l'exception de quelques ballots d'étoffes, qu'il ne put se dispenser de livrer à ses cavaliers, Cayétano défendit que l'on pillât rien de ce qui appartenait à des particuliers. Sur son ordre, on choisit vingt des meilleures mules, et l'on plaça sur leur dos la moitié de la charge qu'elles avaient coutume de porter, afin qu'elles pussent au besoin courir. Cette charge comprenait des armes et de la poudre, précieux objets que les insurgés ne réussissaient à se procurer qu'en les enlevant à leurs ennemis.

Ces soins pris, on empila sur la route tout le butin destiné à être abandonné. Après avoir rendu aux prisonniers stupéfaits leur liberté, la guérilla, augmentée d'une douzaine de muletiers qui demandèrent à se joindre à elle, se mit en route pour regagner son quartier général. Quelques cavaliers demeurèrent en arrière pour incendier des mèches communiquant avec les munitions que l'on ne pouvait emporter. Lorsque ces hommes rejoignirent la colonne, une épaisse fumée commençait à s'élever, puis une série de détonations, bientôt suivies d'une explosion formidable, annonça que l'œuvre de destruction venait de s'accomplir. C'était une perte importante pour les Espagnols que celle de ces munitions qu'il leur fallait amener de Vera-Cruz, trajet qui ne demandait pas moins d'un mois.

Contournant Mexico, dont ils se rapprochaient parfois d'une demi-lieue à peine, les insurgés se dirigeaient vers San Angel. Cayétano marchait en tête de sa troupe et la guidait sur des chemins pour lui familiers. Il était de nouveau soucieux, attristé par le spectacle qui frappait ses regards. La plaine qu'il traversait, autrefois si riante, si peuplée, si admirablement cultivée, ressemblait à un désert, et n'avait plus rien de l'animation qui révèle l'approche d'une grande ville. Partout les fermes et les maisons de plaisance avaient été incendiées, et leurs noirs débris, baignés par un soleil éclatant, couverts de plantes fleuries, paraissaient plus désolés par ce contraste. Ce tableau lugubre des ruines amenées par la guerre s'étendait de Mexico à Chihuahua, car les habitants inoffensifs des campagnes ne trouvaient que des ennemis dans les deux partis aux prises.

Par malheur, le décousu de leurs efforts faisait perdre chaque jour du terrain aux rebelles. Hidalgo, fugitif, était acculé au désert, incapable pour longtemps de reprendre l'offensive. Plusieurs bandes d'Indiens, surprises par les troupes royales, bien commandées par le général Calléja, venaient d'être dispersées, anéanties. Des renforts arrivaient sans relâche d'Espagne, et la lutte allait bientôt cesser, non faute de bras, mais à cause du manque d'armes. Ainsi le sang de don Luis et de tant d'autres nobles cœurs aurait coulé en vain! Encore quelques mois, et l'Espagne triomphante courberait plus bas que par le passé le front des créoles vaincus.

Cayétano, depuis la mort de son ami, essayait de former des fantassins; seulement, dans un pays où tout homme était dès son enfance dressé à l'exercice du cheval, c'était là une troupe plus difficile à instruire que des cavaliers. D'ailleurs, ne possédant pas d'artillerie,

c'eût été renouveler les fautes d'Hidalgo, que
de conduire des Indiens, d'une grande bravoure, il est vrai, mais mal armés et indociles,
contre les canons espagnols, en général bien
manœuvrés. Jusqu'alors, c'était grâce à la rapidité de ses marches, qui lui permettaient
d'accepter ou de refuser le combat, que le jeune
chef avait pu braver les troupes envoyées
contre lui, déjouer leurs combinaisons. Néanmoins, la fortune pouvait l'abandonner un jour ;
il pouvait se voir cerné, écrasé ; aussi son-
geait-il à s'enfoncer dans les montagnes, où,
plus tranquille, il lui serait possible d'organiser
enfin une véritable armée, que ses hardis cavaliers pourvoiraient un jour d'artillerie en enlevant quelques batteries aux troupes du roi.

La guérilla eut à traverser la route de Quérétaro, et sa bonne fortune voulut que le courrier des terres intérieures, qui ne s'attendait
guère à trouver des ennemis aux portes de
Mexico, vînt se jeter dans ses rangs. Par les
dépêches adressées au vice-roi, et qu'il se
hâta d'ouvrir, Cayétano apprit que toutes les

villes occupées par l'insurrection étaient re-
tombées au pouvoir des Espagnols, et que
l'armée d'Hidalgo, réduite à une poignée
d'hommes, fuyait devant un parti de cavalerie.
Il apprit, en outre, que, sur l'ordre de Calléja,
qui achevait par d'incessantes exécutions ce
qu'il nommait son œuvre de pacification, le
colonel Rodriguez, d'accord avec la garnison
de Mexico, se disposait à marcher sur San
Angel. Le généralissime voulait qu'on en finît
avec la bande du Pensativo, soit par le fer,
soit par la famine. Bien qu'il eût peu de craintes
d'être surpris, c'étaient là de précieux avis
pour le jeune chef. Il résolut d'infliger aux
Espagnols une nouvelle défaite, puis de se ré-
fugier dans la Cordillère, où il pourrait les braver encore longtemps.

Dès le lendemain de sa rentrée dans le camp
fortifié qu'il avait si habilement choisi, Cayétano organisa son départ. Sans révéler ses
intentions — la trahison dont il avait failli
être victime le rendait circonspect — il annonça à ses cavaliers de nouveaux combats;

puis il leur apprit que la défaite d'Hidalgo, qui allait permettre aux Espagnols de se concentrer autour de la capitale, rendait urgent le choix d'un autre asile. Compromis par l'aide qu'ils prêtaient à la guérilla depuis son arrivée, tous les Indiens des environs voulurent la suivre, et ce fut à la tête de mille chevaux et de quinze cents Indiens, qu'il fit armer de son mieux, que Cayétano se mit en route. Avec cette petite armée, qu'il espérait réussir à discipliner, l'ingénieur comptait pouvoir forcer les troupes de Calléja à revenir en arrière, les épuiser par des marches incessantes et de continuelles alertes de nuit, tactique qui, si elle eût été suivie depuis le début de la guerre, eût certes amené de plus favorables résultats.

La petite colonne cheminait depuis trois jours sur des sentiers, et suivait latéralement la route de Quérétaro. Avant de s'enfoncer dans la Cordillère, Cayétano désirait signaler sa retraite par un de ces coups d'audace qui lui avaient valu sa renommée. Il envoyait sans cesse des éclaireurs explorer la grande route, impatient d'apprendre que les Espagnols, enfin sortis de Quérétaro, se dirigeaient sur San Angel, où ils devaient le croire encore établi. Aussitôt qu'il les saurait en marche, son intention était de les désorganiser par une attaque de nuit, puis de se porter avec rapidité sur la ville, momentanément abandonnée à la garde de quelques invalides, et de s'en emparer par surprise. Il ne pourrait garder cette conquête ; mais ses hommes s'y approvisionneraient de vivres. En outre, l'effet moral d'une pareille prise ranimerait l'espoir des créoles et déconcerterait l'ennemi pour quelques jours.

Par des Indiens, l'ingénieur apprit à l'improviste que le colonel Rodriguez, à la tête de quinze cents hommes équipés à la légère, se dirigeait sur San Angel, non par la grande route, mais par les sentiers accidentés qu'il suivait lui-même. Cayétano supposa aussitôt que sa manœuvre était connue, que l'officier qu'il considérait à double titre comme son en-

nemi venait volontairement à sa rencontre.
Il eut un instant de perplexité. Il avait l'a-
vantage du nombre, et si tous ses soldats
eussent été aussi aguerris que les cinq cents
cavaliers qui l'accompagnaient depuis Guanajuato, il eût accepté le combat, même en rase
campagne. Par malheur, si la bravoure de ses
Indiens ne pouvait être contestée, ils manquaient de discipline, de solidité par conséquent, et les placer à découvert, en face des
Espagnols, c'était les exposer à une déroute
certaine. Il fallait donc éviter l'ennemi, bien
qu'il en coûtât à l'orgueil de Cayétano de céder
le pas à un homme d'outre-mer, alors surtout
que cet homme était le colonel Rodriguez.

Moins de quarante-huit heures devaient
amener la rencontre des deux partis ; il importait de prendre une détermination. En ce
moment, la guérilla cheminait sur des crêtes
boisées, et le sentier capricieux, tracé par des
bûcherons, la conduisait parfois au fond de
ravins aux pentes abruptes. Tout à coup, Cayétano fit faire halte. Au-dessous de lui s'ouvrait

une gorge étroite, aux parois presque à pic.

Guidant son cheval parmi les rochers et les arbres avec la dextérité des cavaliers de son pays, l'ingénieur fit le tour du sombre entonnoir. Revenu à son point de départ, il descendit au fond de la gorge, la traversa, et, après avoir franchi un long couloir ouvert par la nature entre deux murs de granit, il déboucha sur un plateau, d'où il découvrit au loin les plaines du Bajio.

De retour près de ses hommes, Cayétano les divisa en deux bandes, dont, sur son ordre, chacune s'occupa aussitôt d'amonceler des quartiers de roches derrière les arbres renversés sur les pentes. En avant de ces troncs, l'ingénieur fit aplanir le terrain, de façon qu'il suffît d'un léger effort pour les précipiter au fond du vallon. Les chevaux, qui eussent pu donner l'éveil par leurs hennissements, furent conduits au loin. Après vingt heures d'un travail durant lequel métis et Indiens rivalisèrent de zèle, la position devint formidable pour les insurgés, dangereuse pour l'ennemi qui s'en-

gagerait sur le chemin qui la traversait. Mais
les troupes royales ne marchaient jamais à
l'étourdie ; elles ne se hasardaient sur cette
route, dominée dans tous les sens , qu'après
l'avoir reconnue. Il fallait donc dissimuler avec
soin les travaux exécutés, et rien ne fut négligé
pour arriver à ce résultat. Après avoir parcouru pas à pas le sentier, examiné avec soin
les crêtes, Cayétano fit couvrir de mousse les
endroits où la terre avait été remuée et planter
des fougères devant les troncs. Enfin il se déclara satisfait. Grâce aux obstacles du terrain,
il n'avait pas à craindre de voir ses Indiens
abordés par l'ennemi. Pour tourner la position,
il faudrait marcher plus d'une heure sous un
feu plongeant, heure pendant laquelle on aurait
au besoin le temps de battre en retraite et de
se rallier sur un point désigné.

Les insurgés, au lieu de camper sur les
sommets qu'ils devaient occuper en cas de
combat, reçurent l'ordre de se dissimuler sur
les pentes boisées situées en arrière, et de se
tenir prêts à accourir pour engager la lutte

aussitôt que les sons d'un clairon leur en trans-
mettraient l'avis. Il importait d'éviter qu'un
seul homme fût aperçu, car il n'en eût pas
fallu davantage pour donner l'éveil. L'avant-
garde de l'ennemi, si elle ne découvrait rien
de suspect, laisserait ceux qui la suivaient pénétrer dans le défilé, et si l'on avait la bonne
fortune de voir les Espagnols commettre cette
faute, la cause de l'indépendance, pour l'instant si compromise, compterait au moins une
victoire de plus.

Son plan bien expliqué et bien compris,
Cayétano attendit fiévreusement l'heure d'agir.
S'il eût écouté son esprit chevaleresque, c'eût
été en rase campagne qu'il eût voulu attaquer
et vaincre don Rodriguez. Mais le jeune chef
avait assez de force d'âme pour faire passer
avant tout les intérêts de son pays, et il considérait avec raison que le sang de ses soldats
appartenait au Mexique, non à lui.

Enfin, des vedettes, arrivant au pas de
course, annoncèrent que l'ennemi commençait
à gravir la montagne. Cayétano fit aussitôt

le tour du cirque, pour renouveler ses ordres et défendre que personne bougeât avant le signal qu'il donnerait lui-même. Suivi de Hué-toca, pourvu d'un clairon, il revint se poster au-dessus de l'entrée du défilé.

Près de deux heures s'écoulèrent dans une attente qui mit à rude épreuve la patience des partisans. Ils gardaient un silence si absolu, que des *tordos*, oiseaux renommés pour leur méfiance, vinrent s'établir au fond du vallon. Ils s'envolèrent en criant à l'apparition de l'avant-garde espagnole, composée d'une dou-zaine de cavaliers. La vue des noirs oiseaux, dont ils connaissaient la sauvagerie prover-biable, rassura les soldats, qui, néanmoins, n'avancèrent qu'en examinant avec soin les pentes placées au-dessus d'eux. Ils attei-gnirent la sortie du défilé sans rien remarquer de suspect, s'arrêtèrent un instant, et ne repri-rent leur marche pour s'enfoncer dans les bois qu'à l'apparition de leur chef.

Cayétano tressaillit et tira son épée ; monté sur un magnifique cheval, escorté de cinq ou six

jeunes officiers, le colonel Rodriguez s'avançait en tête de ses soldats. Il traversa le défilé
au galop, promena autour de lui des regards
investigateurs, puis gravit pas à pas la pente
qui lui faisait face et poussa même au delà,
afin de s'assurer qu'aucun ennemi n'occupait
les crêtes. Satisfait de son inspection, convaincu que le sentier était libre, il revint s'établir vers le milieu de la gorge, dans laquelle
ses soldats commençaient à pénétrer.

Plus ému qu'il n'avait coutume de l'être
à l'heure d'une action, Cayétano ne perdait pas
de vue le colonel. Mais son attention se con-
centra bientôt sur les fantassins espagnols.
Fatigués par la chaleur et la poussière, ils
marchaient espacés et, selon toute probabilité,
une moitié d'entre eux serait à peine engagée
dans le défilé, lorsque les premiers passés en
atteindraient la sortie. Le front de l'ingénieur
se plissa ; sa proie allait-elle lui échapper ?
Tout à coup il sourit ; les soldats, en s'aper-
cevant qu'ils allaient défiler devant leur chef,
resserraient leurs rangs à la hâte, et ceux qui

venaient en arrière hâtaient le pas. Quelques
minutes s'écoulèrent, puis les sons du clairon
de Huétoca, éclatèrent à l'improviste, et réveil-
lèrent les échos. Les Espagnols, interdits, s'arrêtèrent net, regardant les hauteurs désertes.
Une clameur formidable couvrit soudain la voix
du clairon. Alors les arbres et les quartiers de
roc, si laborieusement préparés, commen-
cèrent à bondir avec fracas, s'abattirent au
milieu des ennemis, écrasant ceux qu'ils tou-
chaient.

La surprise des Espagnols fut de courte durée, ils préparèrent leurs armes. Avec l'aplomb
de vieux soldats, sur les pas de leur chef
intrépide, ils tentèrent de gravir les pentes
sans répondre aux feux plongeants de leurs
invisibles ennemis. Le colonel ordonna en vain
un mouvement en arrière, il n'était plus possible de l'exécuter. Il parlait lorsqu'une balle
lui traversa le bras, tandis que son cheval, les
jambes broyées, s'abattait sur le sol. La chute
de l'officier fut saluée par les cris sauvages
des Indiens, qui se montrèrent à découvert.

Pendant vingt minutes, ce fut un affreux massacre. C'était avec une joie féroce que les métis écrasaient leurs maîtres sous les formidables projectiles qui, rebondissant, réveillaient par leurs chocs les échos de la vallée ; on eût dit que la forêt s'écroulait, que les montagnes s'égrenaient, que la nature combattait. Plusieurs Mexicains, animés d'une haine héroïque, s'élancèrent vers l'ennemi pour le regarder en face, pour mourir en le frappant.

Les officiers de Cayétano criaient en vain aux Espagnols de se rendre, ceux-ci répondaient par des cris de : Vive le roi ! aux sommations des insurgés, et luttaient avec un sang-froid et un courage que le jeune chef admirait. A la fin, lassés, décimés, ne pouvant répondre aux coups dont ils tombaient victimes, repoussés aussi bien en avant qu'en arrière, ils cessèrent de lutter.

Cayétano essaya aussitôt d'arrêter le feu des Indiens, il n'y réussit qu'en descendant lui-même au fond du ravin. Huétoca, qui le suivait, courut vers l'endroit où le colonel avait été atteint, car il espérait ne plus trouver qu'un cadavre. Appuyé contre le tronc qui avait brisé les jambes de son cheval, entouré de quelques soldats qui continuaient de combattre, l'officier, tenant son épée de la main gauche, refusait de s'en dessaisir.

— A moi ! cria le métis qui appela un groupe de ses cavaliers.

— Je veux qu'il vive, dit avec autorité Cayétano à son serviteur ; je le veux. Reste auprès de lui pour le protéger, et, par le Christ ! ta vie me répond de la sienne.

Huétoca fit un geste négatif et regarda l'ingénieur s'éloigner. Des Indiens accouraient vers le colonel ; ils allaient sans aucun doute le massacrer. Le métis hésita, se retourna, et vit son maître, qu'il croyait loin, revenir à la hâte sur ses pas et l'observer. Il se décida enfin à obéir, et, avec les cavaliers qu'il avait appelés, il entoura le blessé.

Cayétano parcourut alors le ravin, maintenant envahi par ses soldats. Deux cents tués ou blessés jonchaient le sol ; quatre cent dix

soldats, plus quinze officiers, étaient prisonniers. La partie de la petite armée espagnole
qui n'avait pas eu le temps de pénétrer dans le
ravin fuyait au hasard, poursuivie par des
Indiens qui lui tuèrent encore un grand nombre d'hommes et l'obligèrent à se disperser.

Leur victoire, si complète, ne coûtait aux
insurgés qu'une douzaine de tués et une trentaine de blessés. Fous de joie, ils acclamaient
leur chef, et ce nom de Pensativo, répété par
les échos, provoquait des gestes de curiosité
parmi les Espagnols. Tous cherchaient à voir
le chef redouté qui, depuis le début de l'insurrection, leur infligeait d'incessantes dé-
faites. Les officiers s'attendaient à ce qu'il
vînt réclamer leurs épées; il ne s'approcha
pas d'eux.

Le lendemain du combat, la guérilla, emme-
nant ses nombreux prisonniers, s'avança vers
Quérétaro. Les blessés avaient été établis sur
les mules de bât chargées des provisions de
l'ennemi, et traités avec générosité. Cayétano
avait défendu qu'on insultât aucun Espagnol,

même par des paroles. Un Indien ayant frappé un capitaine qu'il escortait, le jeune chef le fit aussitôt fusiller devant ses compagnons assemblés.

La nouvelle du désastre subi par la brillante colonne sortie de ses murs parvint très vite à Quérétaro, avec les exagérations ordinaires en temps de guerre. On prêtait dix mille soldats au Pensativo, que l'on s'attendait à voir paraître d'une minute à l'autre, et au-devant duquel le peuple voulait se porter. La faible garnison laissée par le colonel Rodriguez pour protéger la ville, retranchée sur la place de l'église, s'apprêtait à se défendre. En face de la surexcitation de la plèbe, elle jugea prudent de s'éloigner et se retira en bon ordre vers Célaya.

Cayétano parut enfin. A la tête de deux cents cavaliers, il pénétra dans la ville en triomphateur et alla s'établir dans la maison du gouverneur. Il fit camper ses prisonniers dans la vaste cour intérieure de cette demeure, qualifiée de palais, afin d'être à même de les pro-

téger contre la multitude qui demandait qu'on
les lui livrât. Le Pensativo ne comptait pas sé-
journer plus de quarante-huit heures dans
l'importante ville qui venait de tomber en son
pouvoir, car il ne voulait pas s'exposer à être
surpris à son tour par les troupes qui allaient
accourir de Mexico et celles que ramenait
Calléja. Il ordonna de recruter assez de soldats pour employer les armes dont on venait
de s'emparer, consigna ses fantassins dans
les casernes, et parcourut lui-même la ville
pour s'opposer à tout désordre et protéger la
demeure des commerçants espagnols, sans
cesse menacée par la haine des Indiens. Heureux de se voir obéi, il revint vers le palais.

XI

La réception enthousiaste faite à sa troupe et à sa personne, non seulement par le peuple de Quérétaro, mais par nombre de notables créoles, fut une cause de vive satisfaction pour le jeune patriote. Ainsi l'insurrection, bien que vaincue pour l'heure sur les divers points du pays où elle avait arboré son drapeau, conservait les sympathies générales. Partout elle rencontrait des âmes avides de liberté, prêtes à devenir actives dans la grande lutte engagée, et que ne décourageait aucune défaite, aucune des cruautés calculées de l'ennemi. Cayétano, toujours sévère dans le choix de ses cavaliers, car, en véritable général, il estimait plus la qualité que le nombre, accueillit néanmoins avec cordialité une centaine de jeunes gens de bonne famille, qui

vinrent lui demander des armes. Il leur imposa
de servir comme soldats jusqu'au jour où,
soit par leur instruction, soit par leur courage,
ils auraient l'occasion de gagner un grade.
Tous les fusils dont il put disposer, il les dis-
tribua de préférence à des métis, et, vingt-
quatre heures après son entrée dans la ville, la
petite armée des rebelles comptait près de trois
mille combattants. Cayétano fit aussitôt partir
dans la direction de la Cordillère un important
convoi de munitions, auquel il donna pour
escorte ses Indiens et ses nouvelles recrues.
Le surlendemain, il comptait se mettre en
route lui-même avec ses cavaliers ; les troupes
que ramenait le général Calléja ne pouvaient
tarder à se montrer, et elles étaient trop nombreuses, trop bien pourvues d'artillerie pour
qu'il songeât à les combattre.

La veille du jour fixé pour son départ, le
jeune chef se rendit dans la salle principale de
l'édifice qu'il occupait. C'était là que se réu-
nissaient les autorités civiles et militaires de
la ville pour discuter les impôts, que se célé-

braient les fêtes officielles. Et cependant les murs de cette salle étaient nus, blanchis à la chaux ; quatre vastes fenêtres sans vitres, sans draperies, versaient à flots une lumière éblouissante sur le sol dallé. Un portrait de Charles-Quint, entouré de palmes et surmonté de l'écusson royal d'Espagne, représentait le pouvoir souverain, Çà et là, quelques fauteuils antiques placés autour d'une table massive ; puis, sur un râtelier, les hallebardes, les globes d'argent que portaient les régidors dans les processions. Devant un christ d'ivoire brûlait une lampe d'or, et le crucifié, la tête inclinée, semblait regarder au loin, par la fenêtre qui lui faisait face, les fertiles campagnes où tout un peuple peinait depuis trois siècles, peuple auquel on ordonnait en son nom de se courber, alors qu'il a sacrifié sa vie pour faire de l'homme l'égal de l'homme.

Ce christ, Cayétano le contempla longtemps, avant de donner l'ordre à Huétoca de lui amener les officiers prisonniers. La blessure du colonel Rodriguez, moins grave qu'on ne l'a-

vait cru d'abord, faisait espérer une prompte
guérison. Affaibli par la perte de son sang,
fatigué par la pensée incessante de sa défaite,
l'officier, morne et silencieux, pénétra dans
la salle où il régnait en maître quelques jours
plus tôt, appuyé sur le bras d'un de ses capi-
taines et suivi de vingt de ses lieutenants. Tous
ces hommes, jeunes pour la plupart, étaient
graves et préoccupés. Ils savaient que leur
sort allait être décidé, et leurs regards, à la
fois curieux et anxieux, se concentrèrent aussitôt sur Cayétano, qu'un très petit nombre
d'entre eux avaient aperçu durant le combat
qui leur avait été si funeste. L'ingénieur écri-
vait lorsque le colonel entra, et il ne redressa
pas la tête. Il portait la veste bleue de ses
cavaliers, sans autre distinction qu'un étroit
galon d'or cousu à la place des épaulettes. Il
se leva. A la vue de son mâle et intelligent visage, le colonel eut un geste de surprise et ne
put retenir une exclamation.

— Vous! vous le Pensativo! s'écria-t-il.

— Oui, moi, chef de bandits, comme vous le

déclariez autrefois, répondit le jeune homme.
La fortune a de ces hasards, señor; vous voilà
mon prisonnier et, à l'heure présente, peut-
être comprenez-vous enfin que les créoles sont
des hommes.

— Je ne l'ai jamais mis, en doute, señor, répondit le colonel, et si vous m'aviez connu
davantage, vous le sauriez.

— Par mon salut! messieurs, reprit Cayétano qui, s'étant rapproché des prisonniers,
cherchait à reconnaître un des visages qu'il
avait vus autour du vice-roi quelques mois auparavant, vos cravaches, à vous entendre, devaient vous suffire pour avoir raison de nous,
et vous nous jugiez incapables de supporter la
vue des troupes du roi! Où donc sont vos cravaches, je vous prie, et de qui donc portez-
vous l'uniforme?

— Le sort des armes nous a été contraire,
señor, répondit le colonel avec dignité; mais
vous, notre heureux vainqueur, vous pourriez,
je crois, témoigner au besoin que nous avons
accompli notre devoir. Si nous déplorons notre

défaite, elle n'est pas de nature à nous mériter vos sarcasmes. Je n'en veux d'autre preuve que le prix que vous semblez attacher vous-même à votre victoire.

Cayétano demeura silencieux et parut se recueillir.

— Si la fortune des armes nous eût été contraire, reprit-il en s'adressant au colonel, si moi et les miens nous étions tombés en votre pouvoir, quel eût été notre sort?

Le front du colonel s'assombrit.

— Je ne sais dire que la vérité, répondit-il avec effort; si vous étiez tombés entre mes mains, j'aurais, la mort dans l'âme, car j'ai horreur du sang versé, obéi aux ordres de mon chef, le général Calléja : je vous aurais fait fusiller.

— Votre aveu est plein de courage, dit Cayétano qui s'inclina, et vous méritez, colonel, l'admiration que mon père a pour vous. Maintenant, qu'attendez-vous de moi?

— La mort, répondit le colonel, et depuis deux jours nous nous y préparons.

Un silence profond régna dans la vaste salle.

— Avouez, messieurs, dit Cayétano, que les décrets rendus contre nous sont injustes et cruels?

— Le vaincu n'a guère le droit de discuter avec son vainqueur, répondit le colonel, et notre devoir de soldats, señor, est d'obéir à nos chefs, alors qu'ils ordonnent au nom du roi. Pour ma part, lorsqu'un homme, quel qu'il soit, conteste l'autorité royale, je le combats avec toute mon énergie, mais sans le haïr. Je n'attends rien de votre clémence ; je puis donc vous parler librement. Pour moi, cette guerre est une guerre fratricide. Vous et moi, señor, nous avons le même Dieu, nous parlons la même langue, et le même sang coule dans nos veines. Pour moi, comme pour nombre de mes compatriotes, les droits que vous réclamez n'ont qu'un seul tort : celui d'être réclamés les armes à la main.

— Vous oubliez, colonel, répliqua Cayétano, que depuis un demi-siècle les créoles sollicitent en vain l'abolition des lois qui les décla rent inférieurs, à tous les points de vue, aux hommes nés en Europe. On n'a pas voulu, on ne veut pas de nous comme Espagnols, nous serons Mexicains.

— Si tous vos compatriotes avaient votre énergie et vos talents militaires, répondit l'officier, notre cause serait peut-être désespérée. Mais vous n'êtes pas le seul chef de l'insurrection, et si l'ordre règne parmi les soldats que vous commandez, si dès le début de la guerre vous nous avez forcés à vous admirer, combien d'autres, à commencer par Hidalgo, méritent ce titre de bandit qui vous blesse? Ouvrez les yeux ; pour un Pensativo, combien de criminels tiennent la campagne au nom de la liberté et rendent justes, à force de méfaits, les décrets du vice-roi? Vous appelez aux armes les métis, les Indiens et même les esclaves noirs ; ils accourent à vous par amour des aventures et du butin. Mais ce sont des ilotes qui ne comprennent que les fêtes sanglantes, et vous serez vous-même un jour leur victime, je le crains. Tenez, señor, pardonnez-moi mes conseils ;

16.

c'est qu'avant de voir en vous un ennemi, je vois le frère de doña Laura, et...

— Ne prononcez pas ce nom, s'écria Cayétano ; ne réveillez pas en moi des sentiments dont je ne veux pas me souvenir, à l'heure où votre vie est entre mes mains.

Le jeune homme, troublé, fit rapidement le tour du salon, puis revint se placer en face des prisonniers.

— Je vous ai laissé parler, colonel, dit-il d'une voix encore frémissante, vous me rendrez cette justice. Lorsqu'un créole tombe entre les mains des vôtres, ils le fusillent sans l'entendre et livrent son cadavre aux oiseaux de proie.

— Si la fortune m'eût favorisé, señor, je vous eusse écouté, je vous le jure, répondit le colonel. Mes conseils...

— Ce n'est pas nous qu'il faut chercher à convaincre, interrompit Cayétano avec vivacité, c'est le roi. Nous voulons être libres ; or, depuis que j'ai pris les armes, vos rigueurs incessantes m'ont conduit par degrés à souhaiter la ruine complète de votre domination, et mon but, aujourd'hui, est de briser jusqu'au dernier les liens qui devraient nous unir. Oui, continua l'ingénieur avec véhémence : guerre en tout temps et en tous lieux aux oppresseurs et aux bourreaux ! Guerre à vous, vautours affamés et cruels, qui avez pris mon pays comme une proie, qui en faites votre curée ! Guerre à vous, qui nous marchandez l'air et la vie, qui ne voulez voir devant vous que fronts courbés, qui voulez rendre indélébile le signe de servitude dont vos ancêtres ont marqué les nôtres, qui oubliez que le Dieu dont vous nous avez enseigné les lois a déclaré tous les hommes frères et les a soumis...!

— Arrêtez, señor, s'écria le colonel qui se redressa avec fierté ; vos paroles sont des insultes, et vous oubliez que nous sommes vos prisonniers.

— Non, répondit Cayétano qui redevint subitement maître de lui ; je m'en souviens. Vous aviez raison, lors de notre première entrevue, de me dire que je vous jugeais mal, colonel : je connais maintenant votre courage, votre

modération, la noblesse de votre âme. Vous
m'avez été fatal, vous m'avez ravi mon bonheur, et cependant, vaincu comme vous l'êtes,
je vous envie. Je vous hais ; mais je n'écou-
terai pas la voix de mes passions ; je songe aux
douleurs de mon pays avant de songer aux
miennes, et ma raison, je le veux, imposera
silence à mes colères. Le vice-roi met nos têtes
à prix, il espère noyer dans le sang notre rébellion ; allez lui dire, señor, qu'il se trompe
et qu'il nous juge mal ; qu'il peut encore d'un
mot faire de nous des sujets fidèles et soumis.
Osez lui parler comme vous m'avez parlé tout
à l'heure ; qu'il nous accorde les droits que
nous réclamons, et, dès demain, le Mexique
sera pacifié. Mais s'il persiste à nous vouloir
pour esclaves, l'Espagne perdra tôt ou tard le
Mexique, ou régnera sur un désert. Vous êtes
libre, colonel, et vous pouvez partir sur l'heure
pour Mexico.

— Je vous remercie, señor, dit le colonel, je
vous remercie, et je vous admire. Toutefois,
avant d'accepter votre offre généreuse, j'ai

besoin de savoir quel sera le sort de mes officiers et de mes soldats, sort que je veux partager, quel qu'il soit.

— Vos soldats et vos officiers vous accom-
pagneront ; je les rends comme vous à la liberté. S'ils croient me devoir un peu de reconnaissance, je leur demande, en échange, d'é-
pargner à leur tour la vie de ceux de mes compatriotes que le sort fera tomber entre leurs
mains, de m'aider à faire respecter les droits
de l'humanité.

— Vous êtes le digne fils de ces nobles
cœurs, le capitaine Victoria et sa sainte femme,
dit le colonel avec émotion ; mais croyez bien,
señor, que vos sentiments sont les miens,
que je vais plaider de nouveau votre cause
et...

Le colonel s'interrompit ; un bruit se faisait
entendre en dehors de la salle.

— J'entrerai, dit une voix dont le timbre fit
tressaillir à la fois Cayétano et don Rodriguez.
J'entrerai, vous dis-je ; je suis sa mère !

Cayétano courut à la porte, l'ouvrit et, à sa

profonde stupéfaction, doña Maria, suivie de Laura, vint tomber entre ses bras.

— Vous, vous, ici ! répétait le jeune homme en pressant sa mère contre sa poitrine, vous ici ! Quel dessein peut vous amener ? Pourqnoi avez-vous abandonné mon père ? Parlez.

— Ne sais-tu rien ? s'écria doña Maria suffoquée.

Et comme son fils la regardait anxieux, elle se recula, aperçut le groupe d'officiers et poussa un cri. Levant vers eux son bras, elle dit :

— Ils ont tué ton père !

— Ils ont... qui ? demanda Cayétano.

— Ah ! reprit doña Maria qui se tourna vers sa nièce, il ne sait rien ! Les soldats qui te cherchaient, dit-elle d'une voix haletante et en saisissant le bras du jeune homme, sont entrés dans notre demeure ; ils ont trouvé ton manteau ; puis, au nom du roi, sous prétexte de le conduire au palais, ils ont emmené ton père. Ils l'ont adossé contre la muraille de notre maison, et là, sans jugement, sans s'informer, ils l'ont tué !

Cayétano se rapprocha du colonel, qui écoutait terrifié.

— Ah ! ces uniformes, s'écria doña Maria qui se couvrit le visage de ses mains, je voudrais ne plus les voir ! Ce sont ceux des bourreaux ; prends garde.

— Et moi qui leur donnais la vie ! murmura le jeune homme avec douleur.

— Ton père ! reprit doña Maria, c'est-à-dire l'honneur, le courage, la bonté, la loyauté ! ils sont venus le prendre chez lui, comme des bandits ; ils ont insulté Laura, meurtri mes mains qui voulaient le retenir...

— Mais quel était son crime ? demanda Cayétano.

— Il avait donné asile à son fils !

Pendant un instant, doña Maria et Cayétano se tinrent embrassés ; tous deux pleuraient. Les officiers espagnols, consternés, se pressaient les uns contre les autres, regardaient la mère et le fils avec tristesse et osaient à peine respirer.

— Mon père sera vengé, dit enfin Cayétano

d'une voix brève ; venez, ma mère, vous avez besoin de repos.

Et, soutenant la pauvre femme défaillante, l'ingénieur l'emmena hors de la salle du conseil. Laura, éplorée, se disposait à les suivre, lorsque don Rodriguez se détacha du groupe de ses officiers, s'avança vers elle et lui barra le passage.

— Adieu ! lui dit-il.

— Vous ici, blessé ! s'écria la jeune fille qui, jusque-là, n'avait regardé que doña Maria et Cayétano.

— Oui, répondit le colonel, blessé, et prisonnier de votre cousin qui m'a vaincu. Mais je vous en conjure, expliquez-moi ce terrible malheur, auquel je ne puis croire encore.

— Vous avez entendu ma tante, dit Laura avec un sanglot ; elle a raconté la vérité. Mon oncle, emmené par surprise, a été fusillé presque sous nos yeux pour avoir donné asile à Cayétano, venu pour implorer son pardon.

— Cette guerre est impie, murmura le colonel avec accablement, et la mort du capitaine

Victoria un crime. Mes heures d'existence sont comptées, ajouta-t-il avec tendresse, et je n'aurai pas eu ce bonheur, Laura, de vous voir porter mon nom.

— Que voulez-vous dire ? demanda la créole.

— Don Cayétano doit venger son père, et ma mort va expier celle du noble cœur que vous pleurez.

— Non, la mort ne rend pas la vie ! s'écria la jeune fille. Cayétano, je connais son âme, ne commettra pas à son tour un assassinat.

— Il obéira aux lois implacables du vice-roi, de Calléja et d'Hidalgo, qui se refusent à faire des prisonniers.

— Vous vous trompez, don Rodriguez ; encore une fois, je connais Cayétano ; il ne frappera pas un ennemi désarmé.

— Il le doit, répondit l'officier. A l'instant où vous êtes entrée, il venait, avec une noblesse digne de son courage, de nous annoncer que nous étions libres, mes officiers et moi ; à l'heure présente, sachant ce qu'il sait, il ne peut plus se montrer clément. Du reste, depuis trois jours, le sacrifice de ma vie est fait. Je vous ai aimée de toutes mes forces, Laura, et si votre cousin était jaloux de moi, mon cœur souffrait du même mal ; j'étais, je suis jaloux de lui.

— Je ne vous comprends pas, dit la jeune fille qui leva vers son fiancé ses beaux yeux fatigués par les larmes.

— C'est que, dans votre loyauté, vous lisez mal dans votre âme. Depuis cette soirée funeste où don Cayétano disparut après avoir été maudit par son père, vous l'aimez.

— Il est mon frère.

— Vous l'aimez ! répéta le colonel. Si la jalousie me fait souffrir, elle ne m'aveugle pas. Depuis lors, j'ai vingt fois songé à vous rendre votre parole, votre liberté. Mais il faut un courage plus qu'humain pour renoncer à vous, et ce courage m'a manqué ; j'espérais quand même. Aujourd'hui, ma mort va servir votre bonheur et vous permettre de vous avouer la vérité.

— Ne parlez pas ainsi, dit la jeune fille ; je

suis prête à vous jurer de n'appartenir qu'à
vous.

— Ne jurez rien, interrompit l'officier ; je
vous crois, et je sais que vous tiendriez votre
serment. J'ai eu un instant l'illusion que je pos-
sédais votre amour, j'ai donc eu ma part de
bonheur en ce monde. Je vais mourir ; ne pouvant vous avoir à moi, je m'y résigne. Écoutez.
Là-bas, dans les plaines de la Castille, il est un
vieillard qui songe à moi et m'attend : mon
père. Quand je ne serai plus, vous lui écrirez
en mon nom, n'est-ce pas ? Il vous connaît, mes
lettres ne lui parlaient que de vous. Vous lui
direz qu'à mon heure suprême j'ai pensé à lui,
que je suis mort en Espagnol, en chrétien,
pour ma patrie et pour mon roi. Vous lui direz
que, grâce à vous, qui accomplirez mon dernier vœu, mon corps repose dans une tombe,
à l'ombre d'une croix.

— Vous ne mourrez pas, s'écria Laura qui
fit un pas vers la porte de la salle ; je vais implorer Cayétano.

— Arrêtez, dit le colonel. Tant que mon cœur

battra, je serai votre fiancé, Laura, et vous ne pouvez implorer pour moi sans me déshonorer.

La porte de la salle s'ouvrit, et Cayétano reparut. Il s'avança, les sourcils froncés, le regard fixe, vers Laura dont le colonel avait saisi la main, et s'arrêta.

— Votre mère s'étonne d'être seule, Laura, dit-il d'une voix brève ; et je crois que vous oubliez en ce moment que le vieillard que les Espagnols ont assassiné était presque votre père.

La jeune fille voulut parler, elle suffoquait. Pas à pas elle gagna la porte, suivie par les regards de Cayétano. Lorsqu'elle eut disparu, le jeune homme se rapprocha avec lenteur des prisonniers.

— Messieurs, dit-il d'une voix ferme, sans vous compter, quatre cents de vos soldats sont en mon pouvoir. Mon père aura de splendides funérailles ! Car vous n'espérez plus sans doute que je vous fasse grâce de la vie. Néanmoins je veux rester encore plus clément que le viceroi, qui refuse à ceux qu'il frappe les secours

de la religion. Je vous accorde deux heures
pour vous préparer à mourir.

Les Espagnols s'inclinèrent en entendant
cette sentence ; puis, sans répliquer un seul
mot, ils suivirent leur colonel et défilèrent
devant leur vainqueur. Resté seul, Cayétano
tomba accablé dans un fauteuil, et, le front
appuyé sur sa main, il demeura immobile,
écrasé par la douleur, dans cette attitude réfléchie qui lui avait valu de ses soldats le surnom de Pensativo.

XII

Les pensées les plus contradictoires se pressèrent bientôt dans l'âme désolée de l'ingénieur, qui, par instants, croyait rêver. La fu-
nèbre nouvelle apportée par sa mère venait de
chasser de son esprit ses résolutions généreuses ; il ne songeait plus qu'à venger l'héroïque soldat tué comme un traître par ceux-là
mêmes auxquels il avait consacré toute son
existence, par ces Espagnols qu'il avait si
loyalement servis. Comment le vice-roi, qui
connaissait le capitaine Victoria, avait-il pu
ordonner, laisser commettre un pareil crime ?
Le vrai coupable, au fond, c'était le brutal
major lancé à la recherche des deux rebelles
dont la présence avait été signalée, ce soudard
qui, se croyant sur un champ de bataille, avait
exécuté sommairement un décret destiné à

intimider les Indiens de San Angel. Mais Cayétano ignorait cette fatalité, que sa mère ignorait de son côté, car elle avait refusé de voir
les envoyés du vice-roi Vénégas, désespéré
lui-même de l'action du major. L'infortunée
veuve, aussitôt les derniers devoirs rendus à
son mari, sans même songer à se pourvoir
d'habits de deuil, avait voulu se mettre en
route pour rejoindre son fils. Partie pour San
Angel en compagnie de Laura, qui s'était révoltée à la proposition de rester à Mexico,
l'énergique femme avait suivi les traces de la
guérilla commandée par son fils. Elle avait
traversé le ravin témoin de la défaite des Espagnols et atteint Quérétaro à l'heure où Cayétano, fidèle à ses principes d'humanité, faisait
grâce à ses prisonniers.

Troublé à deux reprises par des bruits exté-
rieurs dans ses douloureuses méditations, l'ingénieur se dirigea chaque fois vers la chambre
de sa mère. Le silence qu'il avait recommandé
d'observer, et qui régnait dans cette partie du
palais, lui fit espérer qu'elle dormait. Il revint

alors s'installer dans la grande salle, pour chercher quel supplice, de nature à terrifier Calléja lui-même, il allait infliger aux ennemis dont la fortune des armes avait remis le sort entre ses mains.

Soudain la porte du salon s'ouvrit, et Laura parut. Elle portait le gracieux costume de cheval, alors de mode parmi les dames mexicaines, costume composé d'une jupe courte fixée à la taille par une ceinture de crêpe de Chine et d'une veste de drap richement brodée. Ses pieds mignons, chaussés de bottines lacées en satin turc, semblaient moulés par la souple étoffe. Une des nattes de sa longue et épaisse chevelure retombait sur sa poitrine, à demi voilée par une écharpe. La belle amazone s'arrêta à la vue de son cousin; puis elle s'approcha de lui à pas comptés. Le léger bruit produit par l'éperon d'or attaché au pied gauche de la jeune fille tira Cayétano de sa rêverie; il se leva.

— Que fait ma mère? demanda-t-il.

— Vaincue par la fatigue, elle repose enfin,

répondit Laura ; et j'ai cru pouvoir la laisser un instant seule.

— Comme vous êtes pâle, dit Cayétano dont le regard ardent enveloppait sa cousine ; il faut vous reposer aussi, Laura. Je sais par ma mère, ajouta-t-il, que depuis trois jours vous avez à peine dormi l'une et l'autre, et je suis émerveillé du courage qui vous a soutenues pour vous amener jusqu'ici.

— Je me reposerai tout à l'heure, répondit la créole. En ce moment, je suis trop agitée, trop émue pour songer à dormir.

— Asseyez-vous, Laura.

— Pourquoi, reprit la jeune fille d'une voix attristée et caressante, me traites-tu comme une étrangère et me dis-tu vous ?

— C'est que... je suis malheureux, Laura.

— Nous le sommes tous, répondit la créole ; depuis six mois la main de Dieu s'est cruellement appesantie sur nous. Notre père est mort, Cayétano, et, en cet instant, je veux en vain ne pas me souvenir que d'autres malheureux, innocents comme lui, comptent les minutes

17.

'qu'ils ont encore à vivre. Est-ce que tu as donné des ordres ?

— Quels ordres ? demanda l'ingénieur avec vivacité.

— Pour eux ; pour ces prisonniers ?

Le jeune homme se leva de son siège.

— Ah ! s'écria-t-il, je comprends pourquoi tu ne peux dormir. Rodriguez va mourir, et tu viens implorer sa grâce.

— Écoute-moi sans colère, je t'en prie, dit doucement la jeune fille.

— Cet Espagnol, que tu aimes, qui m'a ravi ton amour, qui a tué mon père, reprit Cayétano avec véhémence, comment veux-tu que je parle de lui sans que mon sang bouillonne ! Je le tiens en ma puissance, j'ai mon père à venger, et Dieu se montre juste en me livrant cet homme. Est-ce lui qui t'envoie ?

— Lui ! C'est un noble cœur, il saurait mourir.

— Mais tu veux qu'il vive, tu veux le sauver.

— Je veux les sauver tous.

— Tu oublies qu'ils ont tué notre père.

— Non, reprit Laura, je n'oublie rien, je ne puis rien oublier. J'étais là, j'ai vu entraîner l'héroïque vieillard qui, sachant qu'on le conduisait à la mort, a eu le courage de dissimuler devant nous ses terribles angoisses, de partir sans nous dire adieu. J'ai entendu sa voix saluer d'un dernier cri ce roi au nom duquel on l'immolait, et mes mains ont aidé à relever sa dépouille sanglante. J'ai lavé ses cheveux blancs, j'ai clos ses paupières, et c'est moi qui ai déposé sur son front, en ton nom, au mien, un dernier baiser.

— Et tu ne veux pas que je le venge! s'écria le jeune homme. Tu ne veux pas que je le venge, alors que Dieu lui-même semble me l'ordonner puisqu'il a jeté les bourreaux entre mes mains!

— Tu te trompes, Cayétano; ceux qui sont là, en ton pouvoir, n'ont pas frappé ton père; s'ils avaient commis ce crime, loin d'essayer d'arrêter ton bras, je les désignerais peut-être à ta colère. Tes prisonniers sont des soldats; en te combattant, ils ont obéi à leurs chefs,

comme tu obéis toi-même à ta conscience. Ils
sont innocents.

— Moins que mon père, répondit l'ingénieur ; moins que mon père, qui ignorait mon
nom de guerre, qui ne voyait en moi que son
fils, et que ses vingt années de loyaux services devaient mettre à l'abri des coups qui
l'ont frappé.

— Tu nommes notre père et tu as raison,
reprit Laura ; si sa voix pouvait s'élever de sa
tombe, elle te crierait : « Pardonne ! » J'en
suis sûre...

— Cet Espagnol, comme tu l'aimes ! s'écria
le jeune homme avec douleur. C'est lui que tu
veux sauver, n'est-ce pas ? et, en échange de
sa tête, tu m'abandonnerais celle de ses compagnons ?

— Non, répondit Laura ; encore une fois, je
veux les sauver tous.

— Tous, c'est lui ; je comprends. Moi aussi,
je ne vois que lui. S'il meurt, tu vivras à jamais près de ma mère, tu n'appartiendras à
personne, je te connais. Et tu me demandes sa

grâce, à moi qui t'aime plus que ma vie, que cette union désespère! Tu me demandes sa grâce, à moi, pour partir avec lui!

— Je ne suis pas sa femme, Cayétano, et je ne quitterai jamais notre mère.

— Tu l'aimes?

— Pourquoi fouiller mon cœur? dit la créole dont les yeux se remplirent de larmes? Pourquoi le blesser et chercher à blesser le tien en essayant de m'arracher un aveu pénible?

— C'est que je t'aime et que je suis jaloux.

— Mais tu as l'âme noble; je te connais aussi. Tu as toujours vanté les héros, ceux qui savent se sacrifier. Tu veux venger ton père; à quoi bon te dire que la plus noble des vengeances, c'est le pardon?

— Ce Rodriguez, comme tu souffres par lui! et quel charme secret ont donc ces Espagnols pour se faire aimer ainsi?

— Admettons que je l'aime, dit Laura, que sa vie soit nécessaire à la mienne, à mon bonheur. Quand tes mains seront teintes de son sang, comptes-tu venir me parler de ton amour? Tu ne l'oserais.

— J'ai non seulement mon père à venger, reprit Cayétano avec froideur, j'ai ma patrie à rendre libre. Guerre à mort ! ont dit les Espagnols ; je relève le gant dont ils nous soufflètent la face, et, pour une tête tombée, j'en livre quatre cents au bourreau.

— Tu ne le feras pas, s'écria Laura avec épouvante, dussé-je me traîner à tes genoux, me cramponner à ta main pour la rendre impuissante ; tu ne le feras pas! Je suis fière de ta gloire, jalouse de ton honneur. On t'appelle le Penseur, je ne veux pas qu'on t'appelle le Cruel. Je ne veux pas te laisser souiller ta vie par un acte de colère. Au nom de ton père, de ta mère, n'immole pas ces malheureux !

— Les Espagnols fusillent tout créole pris les armes à la main ; pourquoi serais-je plus clément qu'eux?

— Laisse-les déshonorer leurs victoires, ils ne luttent pas pour l'indépendance de leur pays.

Combattu par ses propres pensées, Cayétano

parcourut l'immense salle. Laura, indécise, anxieuse, épiait chacun de ses gestes. A la fin, il revint près d'elle.

— Retourne près de notre mère, lui dit-il d'une voix brève ; je te rejoindrai tout à l'heure.

— Tu vas mettre en liberté tes prisonniers ?

— Non ; ils vont mourir.

Laura tomba à ses pieds.

— Grâce, s'écria-t-elle ; si tu m'aimes, grâce pour eux. N'écoute pas la douleur, n'écoute pas la colère, n'écoute pas la vengeance, elles sont mauvaises conseillères et n'ont jamais fait commettre que de lâches actions. C'est ton père qui parle par ma bouche, c'est lui qui te crie de pardonner. Songe donc, quatre cents cadavres ! Lorsque ta mère, qui dort là, se réveillera tout à l'heure, quand ses forces réparées lui fourniront de nouvelles larmes, oseras-tu lui dire : « Ne pleurez plus, ma mère, nous sommes vengés » ? Oseras-tu la conduire devant cette hécatombe humaine dont la seule pensée me terrifie ? Elle est chrétienne ; au lieu de t'applaudir, elle te maudirait, elle renierait son fils devenu bourreau.

— Comme ton amour te rend éloquente, dit Cayétano, et comme cet Espagnol est heureux !

— Mon amour ! tu te trompes peut-être. Non, ce n'est pas lui qui me dicte mes paroles, je te le jure ; c'est le souci de ton honneur. Au nom de ta jeune gloire, déjà si brillante, si pure ; au nom de ton père, au nom du Christ mort sur une croix, grâce !

Les yeux pleins de larmes, à bout de forces, la belle jeune fille chancelait. Cayétano se pencha vers elle, leurs regards se croisèrent, il tressaillit. Il la releva, et comme elle appuyait, en sanglotant, la tête sur sa poitrine, il la pressa avec force et la baisa sur le front. Laura se dégagea ; puis, rapide, elle revint d'elle-même s'appuyer sur son cousin.

— Tu m'as vaincu, lui dit-il avec gravité ; tu me rends à moi-même, et je veux que tu sois heureuse. Notre père peut dormir en paix dans son cercueil, son fils ne sera pas un meurtrier.

Il écrivit à la hâte quelques lignes et donna le papier à Laura.

— Voici leur grâce, lui dit-il ; c'est à toi qu'ils la doivent, tu peux la leur annoncer.

— O Cayétano ! s'écria la belle créole, qui enveloppa son cousin d'un regard passionné ; tu es un grand cœur, et comme elle sera fière la femme qui portera ton nom !

Cayétano regarda sa cousine s'éloigner ; puis il revint s'asseoir près de la table sur laquelle il avait écrit. Il songeait, absorbé, à Rodriguez et à Laura, lorsqu'une main se posa sur son épaule ; sa mère était à son côté.

— J'ai pu dormir, dit-elle ; mais quels rêves affreux troublent sans cesse mon sommeil ! Où donc est Laura ? demanda-t-elle, surprise de ne pas voir la jeune fille.

— Elle va revenir, je l'attends, répondit Cayétano ; je songeais à son avenir lorsque votre main s'est posée sur mon épaule. Vous savez, ma mère, que je dois me mettre en route dès demain, et je voudrais connaître vos intentions.

— Je veux te suivre, dit avec vivacité doña Maria ; c'est pour ne plus te quitter, maintenant que me voilà veuve, que je suis venue te rejoindre.

— Que comptez-vous faire de Laura ?

— Sa place est entre nous deux.

— Il faut qu'elle devienne au plus vite la femme de don Rodriguez.

— Vit-il donc encore ? demanda l'énergique femme qui se leva du fauteuil dans lequel son fils venait de la faire asseoir.

— Il vit.

En ce moment des acclamations retentirent, on criait : « Vive le Pensativo ! »

— Ce sont tes soldats ? dit avec orgueil doña Maria.

— Ce ne sont pas mes soldats, ma mère, ce sont mes prisonniers. Ils s'attendaient à mourir, et je viens de leur faire rendre leur liberté, au nom du capitaine Victoria.

Doña Maria, interdite, silencieuse, contempla son fils.

— Libres ! dit-elle enfin. Tous ?

— Tous, répéta Cayétano.

— Tu viens d'agir ainsi que l'eût fait ton père, dit la noble femme qui se jeta dans les bras de son fils. O mon enfant, mon cher enfant, tu méritais d'être heureux.

Cayétano, fier de l'approbation de sa mère, raconta son entrevue avec Laura, l'éloquent et chaleureux plaidoyer de la jeune fille, sa joie d'avoir triomphé.

— Il faut qu'elle devienne la femme de celui dont elle a sauvé la vie, dit-il en terminant son récit ; je souffrirai moins, je le crois, quand je n'aurai plus à espérer.

— Attends, réfléchis, répondit doña Maria avec une hésitation visible.

— Vous oubliez, ma mère, que je dois partir demain, que vous ne pourrez vivre à mes côtés que lorsque Laura sera mariée. Ma résolution est prise ; il est digne de moi de hâter une union d'où dépend le bonheur de ma sœur adoptive, union qu'elle a retardée à cause de nous.

— Ce mariage n'est plus possible ; je m'y oppose.

— Vous, ma mère?

— Moi. La fille adoptive du capitaine Victoria, la sœur du Pensativo, ne peut devenir aujourd'hui sans honte la femme d'un officier espagnol; je suis sûre qu'elle l'a déjà compris.

— Vous n'auriez pas cette illusion, répondit Cayétano avec amertume, si vous l'aviez entendue demander grâce pour le colonel. L'amour est égoïste, il songe à lui, rien qu'à lui. Que Laura devienne la femme d'un Espagnol, c'est accomplir un des vœux de mon père, et ce n'est pas elle qui doit expier le malheur qui nous a frappés. En ce moment, la douleur vous égare, ma mère.

— Non, elle m'éclaire. Écoute, je viens d'applaudir à ta grandeur d'âme; tu as bien agi en condamnant à la reconnaissance ceux qui nous ont plongés dans un deuil éternel; mais c'est assez. Rodriguez va partir; des mois s'écouleront; Laura ne le reverra plus et finira par l'oublier.

— Vous la connaissez mal, ma mère; elle n'est pas de celles qui oublient.

— Son amitié pour Rodriguez est peut-être moins profonde que tu le crois.

— Vous voulez dire son amour?

— Non ; parfois, quand je me souviens, quand je l'entends parler, des doutes tourmentent mon esprit. Si elle t'aimait?

— Que dites-vous là, ma mère? s'écria l'ingénieur. Par pitié, ne parlez pas ainsi.

— Laisse partir Rodriguez.

— Pour que Laura nous maudisse en secret, dit le jeune homme avec douleur ; pour lui infliger ces tortures contre lesquelles la raison lutte en vain. Non ; sa voix vient de m'épargner un crime, je veux qu'elle garde de moi un grand souvenir, qu'elle m'estime, puisqu'elle n'a pu m'aimer.

— Appelons-la, et qu'elle prononce.

— Non ; pour vous voir heureuse, je la crois capable de se sacrifier.

— Eh bien, ce sacrifice, acceptons-le. Son amour pour Rodriguez n'a pas la violence de celui que tu ressens pour elle, elle souffrira moins que toi.

— Plus un mot, ma mère, je vous en conjure; mon héroïsme a des bornes. Ne sentez-
vous pas que vos paroles, que vos doutes
amollissent mon courage et menacent de me
livrer aux conseils funestes de mes passions?
Je suis le maître, je le sais. Je n'ai qu'un mot
à prononcer pour que don Rodriguez s'éloigne,
pour le séparer à jamais de Laura. Elle vivra
près de nous, résignée, sans se plaindre. Cela
ne sera pas. Elle saurait se sacrifier à mon
bonheur, je saurai mourir pour le sien.

— Mourir! répéta doña Maria.

— Le désespoir tue, ma mère.

— Regarde-moi. Tu veux mourir, dis-tu?

— En combattant.

— En allant au-devant des balles, je le devine. Voilà donc le secret de ta résignation
apparente! Et tu parles de ton courage, et j'ap-
plaudissais à ton abnégation qui cachait un
calcul égoïste, un calcul qui te fait m'oublier!
Ton père, le front sanglant, est couché dans
une tombe, et je vis encore, moi, veuve infortunée du plus cher des époux, mère bientôt

orpheline de son fils. Mourir, c'est facile ; le
difficile, c'est de vivre, c'est de vaincre les
passions auxquelles tu crois à tort que toi seul
es en proie. Va donc chercher la mort, soldat
timide que les blessures morales épouvantent,
qui rêves d'abandonner ton drapeau. J'aurai,
moi, la force de ne pas te pleurer, de maudire
le lâche qui déserte, qui, pour fuir un jour de
peine, se livre coupable à l'éternité.

— Ma mère !

— Ah ! l'insensé, continua doña Maria, qui
s'imagine connaître le fond de la coupe des
douleurs pour quelques gouttes amères jetées
par la Providence sur la liqueur écumante de
ses vingt ans. Que n'est-il encore debout, celui
que nous pleurons, pour te montrer les cica-
trices de son cœur, et pourquoi ne puis-je te
montrer celles du mien ? Un jour, sur ton front
rose encore, et dont j'étais follement orgueil-
leuse, la fièvre, ce spectre terrible de nos con-
trées, vint s'abattre à l'improviste. Ton père
était loin, tu parlais à peine, il me fallait deviner tes désirs, te calmer, te bercer sans cesse

entre mes bras que tu ne voulais pas quitter. Le médecin secouait la tête en voyant tes lèvres pâles, tes yeux à demi clos, ta respiration haletante. J'avais dix-huit ans, j'adorais ton père, et, à l'heure où je tremblais pour toi, une bouche imprudente vint m'annoncer qu'il était blessé, qu'il était mort. Déjà épuisée par les veilles, je sentis mes forces me trahir, et je tombai sur le sol, vaincue, désespérée, de même que toi, j'étais tentée d'implorer la mort. En se retirant, le médecin se pencha sur ton berceau : « L'enfant est perdu, dit-il, les soins de sa mère pouvaient seuls le sauver. » Je l'entendis ; il disparaissait à peine, que, froide, pâle, le front ensanglanté de ton père devant les yeux, je me levai de la couche sur laquelle on m'avait étendue pour te saisir et te disputer à la mort. Durant trois jours, sans boire, sans dormir, sans manger, me croyant veuve, je te tins abrité contre mon cœur ; et tu vis ! .

Cayétano prit sa mère entre ses bras et la tint longtemps pressée contre son cœur.

— Du courage, mon enfant, dit-elle avec énergie ; du courage pour moi, pour la tâche que tu as entreprise ; combats, mais défends ta vie ! Dieu finira par nous prendre en pitié.

— C'est fait, ma mère, répondit l'ingénieur ; je veux, jusqu'au bout, mériter l'estime de Laura, votre approbation, celle de ma conscience que votre voix vient de réveiller pour la seconde fois. Que Laura soit heureuse ; vous et moi, nous vivrons appuyés l'un sur l'autre, après avoir rempli un devoir sacré.

— Laisse partir l'Espagnol, et emmène-nous.

— Non ; je veux que Laura devienne la femme de don Rodriguez. Aussitôt qu'elle sera mariée, vous me rejoindrez dans les montagnes, où j'espère braver encore longtemps les Espagnols ; je crois au triomphe de ma patrie, et je veux vivre pour la voir libre.

Cayétano se dirigea vers la porte ; elle s'ouvrit pour livrer passage à Laura.

— Je vous cherchais, dit la jeune fille qui courut vers doña Maria ; j'avais hâte de vous apprendre ce que vient de faire Cayétano.

18

— Dis plutôt ce que tu as fait, Laura, car il m'a tout raconté.

Le jeune homme, après avoir donné un ordre à Huétoca, revint près des deux femmes.

— Les heures que je puis encore passer ici sont comptées, dit-il à sa cousine, et je t'attendais avec impatience, Laura. Tu as vu le colonel Rodriguez ?

— Oui ; avant de s'éloigner, il demande à te remercier.

— On va l'amener. Tu ne pleureras plus, Laura ; il va devenir ton mari ; je veux qu'il reçoive de moi la main de ma sœur.

Les regards de la jeune fille allèrent de sa tante à son cousin ; elle paraissait avoir mal entendu.

— As-tu cessé de m'aimer ? demanda-t-elle.

— Cessé de t'aimer ! répéta Cayétano qui fit un pas vers elle. Non, reprit-il en s'arrêtant soudain ; mais, grâce à ma mère, je vois en toi la sœur chérie que j'eusse dû toujours voir, et ton bonheur est la première condition du

mien. Je pars demain ; ma mère restera près
de toi jusqu'au jour où tu seras unie au colonel
Rodriguez, puis elle me rejoindra.

— Ma place est près de notre mère, répondit
la jeune fille ; tu vas partir, nous te suivrons,
et je te prie de ne plus me parler de don Rodriguez, auquel je viens de dire adieu.

— Je te devine, dit Cayétano ; tu veux te sacrifier à notre mère, à moi, peut-être. T'oubliant, tu veux renoncer à cette longue félicité
que te promettent tes dix-huit ans, à l'amour
d'un homme que je connais assez pour savoir
qu'il est digne de toi. Ton sacrifice, Laura, ni
ma mère ni moi ne pouvons l'accepter. Il a
fallu tes larmes pour sauver la vie de mes prisonniers, dont la mort me paraissait la juste
expiation de celle de mon père. Mon courage
ne sera pas au-dessous du tien : je veux te
voir heureuse.

Laura se couvrit le visage de ses mains et
se rapprocha de sa tante lorsqu'elle vit paraître le colonel. L'officier s'arrêta sur le seuil
de la porte.

— Je vous croyais seul, dit-il en s'adressant à Cayétano.

— Craignez-vous donc, répondit l'ingénieur, de vous trouver en face de votre fiancée, je me trompe, de votre femme, colonel?

Laura se pressa plus fort contre doña Maria; l'officier fit quelques pas pour se rapprocher de Cayétano.

— Vous venez de nous accorder la vie, à moi, à mes officiers et à mes soldats, dit-il, et je vous en remercie, señor, pour eux et pour moi. Votre généreuse action, j'en ai la certitude, changera le caractère de cette lutte fratricide ; elle amènera peut-être la paix. Je viens d'admirer votre clémence, continua l'Espagnol, et voilà que vous me forcez à vous admirer de nouveau, en m'offrant de m'unir à doña Laura. Mais si l'on peut vaincre un Castillan par la force des armes, on ne le vainc pas en grandeur d'âme. Le trésor que vous m'offrez, je le refuse.

— Vous refusez la main de Laura? s'écria Cayétano.

— Oui, dit le colonel avec effort, je refuse le bonheur. Je prends vos souffrances, et c'est maintenant à votre tour de me plaindre, après m'avoir envié.

— Expliquez-vous, dit Cayétano dont les sourcils se froncèrent. Est-ce parce qu'elle est la sœur d'un rebelle que Laura ne vous paraît plus digne de porter votre nom ?

— Vous vous méprenez sur la cause de ma résolution, répondit le colonel ; doña Laura mérite tous les hommages, et le Pensativo vient de consacrer sa gloire en forçant ses ennemis eux-mêmes à l'admirer. Je me suis mal expliqué ; c'est que j'ai besoin de plus de force que Dieu n'en accorde à ses créatures pour vous égaler en abnégation.

— N'aimez-vous plus Laura ?

— Je l'aime, et est-ce à vous que je dois dire que je mourrai en l'aimant ? Mais le cœur de doña Laura ne m'appartient pas, il est à vous.

Cayétano regarda l'officier avec stupeur ; puis il se tourna vers sa cousine, qui se cachait le visage sur le sein de doña Maria.

— Si mon image a pu un instant voiler la
vôtre dans le cœur de votre sœur adoptive,
reprit le colonel, c'est que vous étiez loin d'elle
et que, dans son innocence, elle ne voyait pas
clair dans l'affection qu'elle vous portait. Elle a
accepté mes soins par amitié, heureuse de sa-
tisfaire votre père et votre mère qui semblaient
souhaiter pour elle cette union. Vous êtes ap-
paru, et, en même temps que vous deveniez
jaloux, je le devenais de mon côté, avec plus
de raison que vous. Doña Laura vous aime, et
c'est vous qui serez chargé de son bonheur.
J'ai sa foi : elle me suivrait si je l'exigeais, ou
du moins elle n'accepterait aucune autre union
par loyauté. Mais, encore une fois, votre
épée a pu briser la mienne sur un champ de
bataille, vous ne me vaincrez pas en abnégation. Vous aimez doña Laura, et vous me la don-
nez ; je l'aime, et je vous la rends.

Le colonel s'avança vers doña Maria ; une
larme mouillait ses yeux.

— Vivez heureuse, señora, lui dit-il. Pensez
toujours à moi comme à un ami véritable, qui

ne vous oubliera jamais. Doña Laura, adieu.
Et vous, señor, si la fortune de la guerre nous
remet face à face, vous trouverez toujours ma
main désarmée, je respecterai en vous l'époux
de doña Laura.

Le colonel sortit rapidement. Cayétano le
suivit du regard et demeura silencieux, interdit. Tout à coup il se rapprocha des deux
femmes qui l'observaient avec anxiété.

— Ma mère, Laura, dit-il enfin, ce que je
viens d'entendre, c'est un rêve, n'est-ce pas ?
Le colonel se trompe ?

— Elle t'aime, s'écria doña Maria radieuse ;
je l'avais pressenti, moi !

— Non, ce serait trop de bonheur. Laura,
parle ; est-ce une générosité, un sacrifice ? Je
veux la vérité.

La jeune fille redressa la tête, une vive rou-
geur envahit son fin visage. Alors de sa voix
mélodieuse, regardant son cousin bien en face,
elle dit :

— Es-tu donc seul à n'avoir pas deviné,
seul à ne pas me comprendre ?

— Tu m'aimes ?

— Je t'aime, répondit-elle en lui envoyant un baiser du bout de ses doigts.

Puis, confuse, elle appuya son front contre l'épaule de doña Maria.

Cayétano allait s'élancèr vers sa cousine, il chancela, et, s'asseyant près de la table, se couvrit le visage de ses mains. Doña Maria et Laura se rapprochèrent de lui : il pleurait.

XIII

. . . .

. . . .

Commencée le 16 septembre 1810, la guerre
dite de l'Indépendance ne se termina au
Mexique qu'en 1821, par la reddition du célèbre fort de San Juan d'Ulloa. Les insurgés,
qui d'abord ne réclamaient que les privilèges
accordés aux Espagnols, exaspérés par les
cruautés de ceux-ci, en arrivèrent peu à peu à
vouloir se séparer de la mère patrie, à rêver
la proclamation d'une république modelée sur
celle des États-Unis. En 1846, peu de temps
après son arrivée au Mexique, l'auteur de ce
récit devint l'hôte du général Victoria et de
sa femme, dont la beauté revivait dans sa pe-
tite-fille, car elle est grand'mère. Doña Laura,
pendant la longue durée de la guerre, avait

suivi son mari dans toutes ses expéditions contre les Espagnols. La paix conclue, le Pensativo, exempt d'ambition, refusa tout emploi, reprit son métier d'ingénieur, et vécut entre sa femme et sa mère, dont la bonté égalait alors l'énergie qu'elle avait montrée autrefois. Quant au brave Huétoca, il ne voulut pas quitter son maître, qui lui fit conférer le grade de colonel honoraire et accorder une pension motivée par une blessure qui l'empêchait de monter à cheval. Le métis, ainsi pourvu, se donna la satisfaction d'avoir pour domestique un Espagnol, un Biscaïen, qui le commandait encore plus qu'il ne lui obéissait, et qui était plus son ami que son serviteur.

Exceptionnels aujourd'hui, des caractères tels que ceux de don Cayétano, de sa mère et de son père, c'est-à-dire empreints de cette grandeur espagnole qui fit agir et parler le Cid, n'étaient pas rares à l'époque où se passe ce récit. Cette époque, où se manifestaient si énergiquement l'élévation des sentiments, la foi robuste, l'esprit de justice et d'abnégation, valait certes mieux que la nôtre. Don Cayétano et doña Laura sont morts à quelques jours de distance. Ils ne surent jamais quel avait été le sort du colonel Rodriguez que, le lendemain d'un combat, un des bulletins du général Calléja mentionna comme disparu.

FIN.

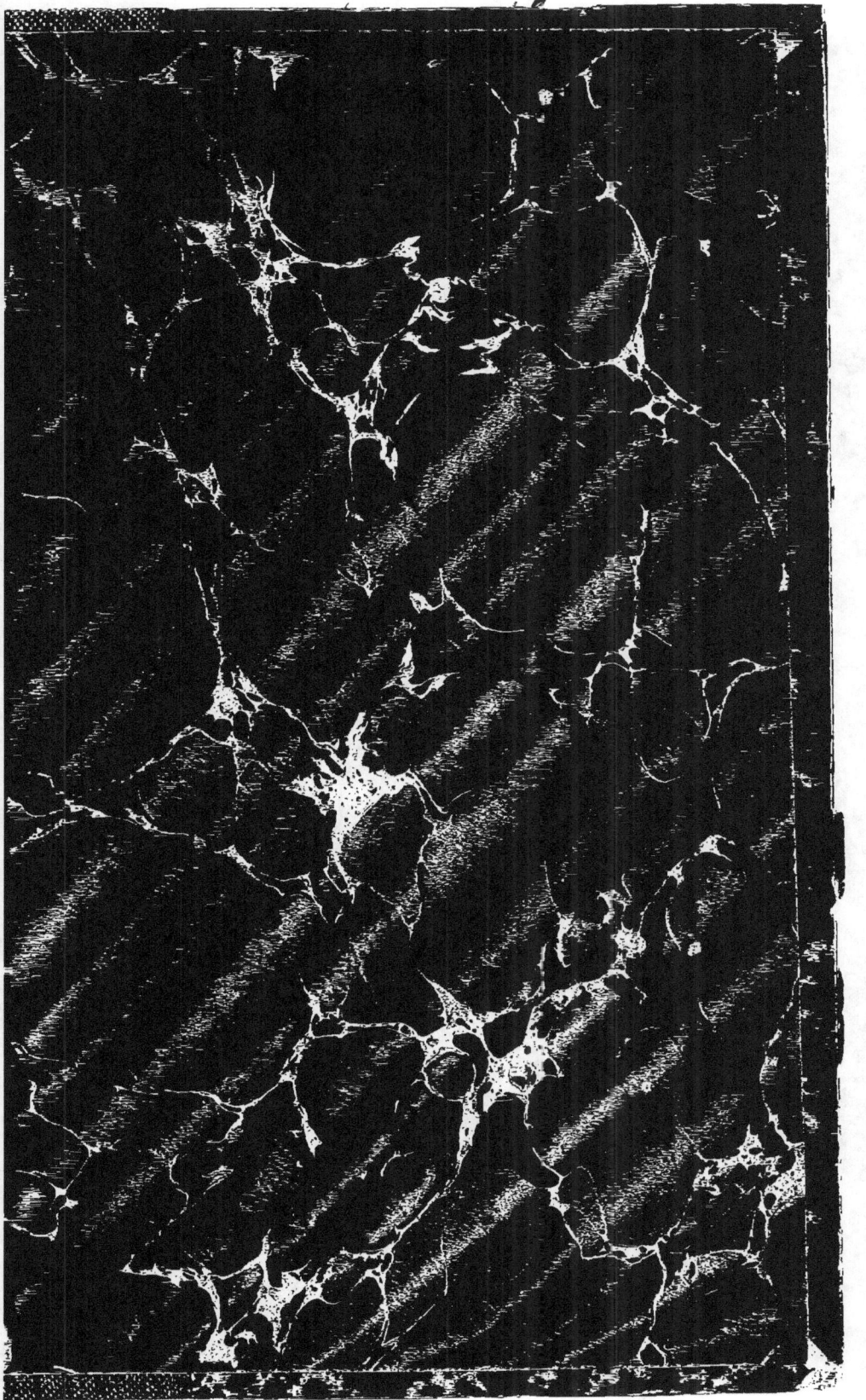